New window 新視野 103

超噓！不思議之搞笑事件簿

劉立群◎著

高寶書版集團

NW 新視野 103

超噓，不思議之搞笑事件簿

作　　者：劉立群
編　　輯：蘇芳毓
校　　對：林立文
出 版 者：英屬維京群島商高寶國際有限公司台灣分公司
Global Group Holdings, Ltd.
地　　址：台北市內湖區洲子街88號3樓
網　　址：gobooks.com.tw
電　　話：(02) 27992788
E- mail：readers@gobooks.com.tw（讀者服務部）
pr@gobooks.com.tw（公關諮詢部）
電　　傳：出版部　(02) 27990909　行銷部（02）27993088
郵政劃撥：19394552
戶　　名：英屬維京群島商高寶國際有限公司台灣分公司
發　　行：高寶書版集團發行/Printed in Taiwan
初版日期：2011年3月

國家圖書館出版品預行編目資料

超噓，不思議之搞笑事件簿 / 劉立群著. -- 初版. -- 臺北市 ： 高寶國際， 2011[民100]
面 ；　公分

ISBN 978-986-185-564-6(平裝)

855　　100001615

USO!

〈前言〉

先有雞還是先有蛋？

這個世界上有許多不思議的未解之謎，當中最廣為人知的，我認為應當是「先有雞還是先有蛋」。

記得小學的時候，某次，班上導師從班上選出一批人分為兩組，就「先有雞還是先有蛋」這個題目來進行辯論。

可是一方面是參與者都沒有過辯論的經驗，另一方面是這種哲學性的問題對小學生來說實在太困難了，因此結局不出大家所料，一群連「辯論」二字都有人還寫不出來的小學生們，不斷輪流重複著「沒有雞哪裡會有蛋」，「沒有蛋哪裡會有雞」……無限循環。

這種情況持續了五分鐘左右，別說當事人自己覺得很詭異，連老師的忍耐力都到了極限。「好！大家今天做得很好！」言不由衷地說了結語的老師，叫大家鼓掌，非常敷衍的結束了那場悲劇。

多年後的某天我又想起了這個問題：究竟是先有雞還是先有蛋呢？

「嗯，要解出這樣的難題，應該一本書的篇幅都還嫌不夠啊！」我心想。

「等等，這樣不是很好嗎？以後我就不用再煩惱該寫什麼題目了，順利的話還可以變成系列作！就叫……《神鬼雞蛋vs.終極蛋雞》吧！符合市場潮流，搞不好還可以進軍電影圈啊！」正好編輯又在問我書的標題，乾脆就這麼決定了！

決定書的主題後，腦子裡的A先生和B先生就開始對話了。

「先有雞還是先有蛋……要解決這問題好像很麻煩啊……不然就先有雞好了。」

「太隨便了吧！要知道，雞可是從蛋裡面生出來的啊！」

「那……不然就先有蛋好了。」

「可是沒有雞要怎麼生蛋？」

「誰說沒有雞不能生蛋？鴨子也會生蛋啊，青蛙也會生蛋啊，恐龍也會生蛋啊，真要舉例的話會沒完沒了吧。既然說到恐龍蛋……恐龍蛋應該比雞還要早出現吧，所以……問題解決了？答案是先有蛋！」

「啥？這怎麼能算啊！不算，不算，題目改為『先有雞還是先有雞蛋』！」

「這樣聽起來合理多了，剛剛是不是說到先有蛋啊？那就先有雞蛋好了。」

「你也給我認真點吧，沒有雞是要怎麼生雞蛋啊？」

「那就先有雞好了。」

「你這混蛋，太隨便了吧！就跟你說了，沒有雞蛋是要怎麼生雞啊？」

「話不是這麼說的。」

「怎麼說？」

「如果有一個人，生了一個長得很像牛的生物，我們會叫他畸形兒還是畸形牛？」

「既然是人生的，當然是畸形兒啊。」

「對啊，就像大陸老是把厲害的人叫做『牛人』，卻不會叫他們『人牛』一樣。」

「你離題了……。」

「抱歉，回到主題；因此，一顆蛋之所以叫做雞蛋，那是因為它是雞生的，而不是因為那顆蛋以後可以生出雞！」

「所以？」

「所以就算那顆雞蛋以後生出狗，我們也不會說那顆蛋是狗蛋，而是會說『哇……這顆雞蛋居然可以生出狗耶……！』」

「也就是說？」

「也就是說，如果要問『先有雞還是先有雞蛋』，那答案肯定是先有雞！因為雞生的蛋才叫做雞蛋！」

「就這樣？」

「就這樣！」（肯定貌）

「這樣有損『人類不思議的未解之謎』的面子啊！重點是這要怎麼寫成一本書？是要怎麼跟編輯交差啊？」（抱頭）

「這我也沒辦法啊……」（攤手）

・目　錄・

3 你所不知道的危機

1 你所不知道的國度

你不會真的以為地球上沒有外星人吧？

不願造成別人麻煩的日本人

日本人的行為有個基本準則：不可以造成別人的麻煩。

他們將「造成別人的麻煩」這件事視為罪大惡極，也因此，所有的教育、制度、社會共識，都建立在「不可以造成別人的麻煩」的基礎上。

自家小孩打了別人家的小孩，媽媽到別人家低頭鞠躬道歉：「對不起，我家小孩造成你們家的困擾。」

（在台灣，講話大聲的會投訴講話小聲的，力氣大的會揍力氣小的，都是爸媽們自行解決，跟小孩誰打誰無關。）

自家小孩在學校打群架，爸爸到學校低頭鞠躬道歉：「對不起，我家小孩造成學校的困擾。」

（在台灣，家長會先找立委，然後找媒體，再看看能不能從學校或是老師身上敲一筆或是申請國賠，因為他們會說他們的小孩被人欺負了。）

不倫戀被發現，總經理低頭辭職道歉：「對不起，我個人的行為造成公司的困擾。」

（在台灣，這輪得到其他人管嗎？）

東西做壞了，造成別家公司的損失，員工到別家公司下跪道歉：「對不起，造成你們公司的困擾。」

（在台灣，東西做壞是常態，有口頭道歉就叫態度不錯了。）

貪污被發現了，政府官員下台道歉或自殺留遺書：「對不起，我個人的行為造成國民的困擾。」其實這一段有點爭議，因為在日本，很多時候死的是那位官員的私人秘書，秘書的遺書也往往寫著：「對不起，一切都是我自己隨意行動，很抱歉我的個人行為對××官員和國民大眾造成困擾。」不過官員下台負責是一定的。

（在台灣，如果證據還沒被找到就說是「抹黑」，如果證據被找到就說是「政治迫害」；法院判決無罪就說「司法還我清白」，法院判決有罪就說「司法不公，上訴到底！」。基本上，在台灣，政治人物說謊叫做「有願景」，犯錯還繼續做到任期結束或啥也不管地競選連任是叫做「負責任的表現」。）

把同樣的觀念延伸到日常生活中，我們可以發現他們的許多習慣都與此有關。問日本人：「為什麼愛吃冷便當？」（在我之前的著作：《超噓！日本妙事》中有比較詳細的敘述），他們給出了許多不同的答案（註一），當中就包含「**熱便當味道比較濃，為了怕給別人帶來困擾，所以只好帶冷的**。」

在日劇中，也可以常常看到男女主角們說話吞吞吐吐，他們無法明白拒絕，也不能明白地表現喜惡，然後許多劇情就是圍繞著這樣的對白所造成的誤會而展開。但這並不是編劇故意讓男女主角們不把話講清楚，而是日本文化本來就如此，日本人甚至認為「清楚地表達自己的意見是不禮貌的行為！」

所以在跟日本人溝通時，常常會只聽到上半段，例如「啊，聽起來不錯，不過……（後面沒了）」、「好啊，可是我那天有點……（後面沒了）」這樣的話，我們以為他沒說完，或是他還在考慮，但他自己卻認為已經表達得很清楚了，再說下去就不禮貌了。

問日本人為什麼這樣，他們也是因為「怕給別人造成困擾」。外國人的我們也許覺得話不講清楚才是令人困擾吧，但在日本人腦子裡的邏輯是這樣的：

1.「清楚拒絕」等於告訴對方「你是個討人厭的傢伙」。
2.對方知道了會很傷心，被別人聽到也許會對對方有不好的想法，無論哪一點都會造成對方的困擾！
3.牴觸最高指導原則「不可以造成別人的困擾」，不行！
4.因此不能清楚地拒絕，能多委婉就要多委婉。

5.話講一半就好，大家都有默契。

至於不能清楚贊成，則是另一套邏輯：

1.在眾人面前「清楚贊成」某人，等於「清楚否定」其他不贊成的人。

2.等於告訴其他人「我不喜歡你們這些討厭鬼」。

3.牴觸最高指導原則「不可以造成別人的困擾」，不行！

4.因此必須「先個別談話」，確認好每個人的意思。

5.因此正式會議上的表決，其實不是表達個人意見，而是宣佈大家商談的結果。

還有一種情況是「大家一起吃東西，每一道菜總是吃不完」。這也是因為怕自己吃光了別人想吃的東西，怕給別人造成困擾，所以每一道菜的最後一部分都沒人敢吃。

像這種每個人都怕造成別人的困擾，結果最後變成每個人都困擾的事情，在日本不只吃飯而已，例如日本最出名的「加班」。

他們的邏輯是這樣的：

1. 工作做不完，只好加班。

2. 別人加班的時候，也許會有需要我幫忙的情況。

3. 「我一下班就走」等於「造成別人的困擾」。

4. 所以我也必須加班。

5. 疑問：「但我工作做完了，要用什麼理由加班？」

6. 解決：「正常工作時間內動作故意慢一點，不要把工作做完，留得青山在，不怕沒柴燒……（註二）」

也因此，有日本主管會認為按時下班的員工不是好員工，甚至為了表現共患難的精神，自己也每天留下來加班，其他下屬看到這種情況就更不敢準時下班了，結果就是造成人人加班的惡性循環。

大家都不想造成別人的困擾，結果反而大家都造成別人的困擾了，這是日本一個很特別的現象。

註一：另一個也有很多人講的理由是，以前農業時代沒有冰箱，熱的食物容易酸掉，所以大家都帶冷便當，便當上的酸梅也是為了防止便當壞掉。久了就變成一種習慣，現在大家都習慣帶冷便當。

註二：這邊是故意把成語用錯，正確意思為：比喻只要還有生命，就有將來和希望。出處：明．淩蒙初《初刻拍案驚奇》卷二十二：「留得青山在，不怕沒柴燒。雖是遭此大禍，兒子官職還在，只要到得任所，便好了。」

中國的正版與盜版

以下是我在中國出差時遇到的事：

「老闆，這個片子是不是清晰版啊？」跟我同行的友人問到。

「清晰……保證清晰！」老闆毫不猶豫。

「老闆，這該不會是清晰的偷拍版（註一）吧？」我忍不住插嘴。

「我在這裡賣片賣了十多年，我會賣偷拍的片子嗎！」眼前賣盜版片的這位老伯，明明句尾的「嗎」是疑問句，可是口氣卻是肯定句的驚嘆號。

我驚訝的看著老伯，他剛強的眼神中透露出的意思彷彿是：「你他×的要是敢再廢話！

就是質疑老子的專業！就是懷疑老子的人格！就是侮辱我！告訴你！上個侮辱老子的混球！現在墳上的草都比你高啦！再廢話一句！就他×的讓你沉到他×的黃埔江餵他×的魚！」

驚人，太驚人了！句句都是驚嘆號，連個逗號的餘地都沒有！

雖然我有點懷疑賣盜版片這回事居然也有專業不專業之分，但是好歹他也賣了十多年，光這個輩分就讓人不容小覷（如果他沒唬我的話）。再說「聞道有先後，術業有專攻」，行行出狀元，搞不好他真的是盜版業界的三省狀元也不一定啊！

驚訝之餘，我看著老伯，應了聲：「是喔。」

沒想到更凌厲的目光直線射來！

「為了生活，我可以忍，但侮辱中國武術就是不行！」意隨心轉，他那強大的意念隨著目光直直射入我的腦中，震得我一陣哆嗦。

好吧，不管上面那句話是不是抄「葉問二」的，也不管賣盜版片跟中國武術有什麼關係，總之，友人在問過能不能換片之後，最後掏錢買了老伯攤上的「天龍特攻隊（The A-Team）」。

回去後，我們一起看了今天買回來的片子。

這一看，我被感動了。

眼前這張ＤＶＤ，誠如老伯所說，不是偷拍的……這根本就是包下整間電影院，光明正大拿著高級攝影機架腳架在最好的位置上拍攝的啊！

眼前的影片，畫面略暗，雖然可以看出不是正版的複製片，但影片本身穩定無晃動，而且在採用寬螢幕拍攝的狀態下，不但畫面置中無變形無裁切，連常出現在偷拍片中的人影也完全沒有！

音質部分，不但沒有講話聲、腳步聲、連吃零食的聲音都沒有！毫無雜音干擾，不仔細聽還以為這是正版的音效，實在太威了！

字幕部分則顯示了一個更為驚人的事實！

電影語音是英文，但是沒有字幕，偶爾有字幕的地方是在銀幕中人物對話非英文的時候，但是，字幕不是英文的，而是類似西班牙文之類的。

這代表著，攝影機翻拍這部片的地點，應該是位於雙母語以上，且含英語的國家。

無論這個地方是哪裡，至少不是中國，這顯示，這張盜版片可是跨國合作的產品啊啊啊啊！

記得當時，老伯還曾經拿著某片ＤＶＤ說：「**小伙子，這片拍得不錯，我推薦你買這片。**」我當時只顧著挑片，沒理他。

現在回想起來，我那時應該是會錯意，「誤以為」他是說那部片的導演拍得不錯，但他真正的意思應該是「這片我可是包下整支攝影隊、燈光師和隨行翻譯人員到國外電影院拍攝的，光宵夜錢我就花了超過十萬人民幣。大卡司、大製作的高畫質影像，保證絕不會讓消費者失望的！」

對不起，老伯，喔不，是三省狀元大人。

我錯了！我不應該無視您的心血結晶。有機會的話，我一定會再去光顧的。

對了，想起一件事。

我知道您老一秒鐘幾十萬上下，不過……可以的話，下次請附上中文字幕好嗎？

謝謝。

補充說明：

大陸的盜版行業十分猖獗，基本上，要找間賣正版片的店家，比找個賣盜版片的店家要難上一百倍，更不用提路上隨處可見的盜版小攤販（我甚至看過在派出所隔壁擺攤的），而且每一家的售後服務都是「不能看包換，不是清晰版的也包換」，而且拿過去，對方基本上不會多問，直接就換給你，反正再賣給別人就好，總有拿到壞片卻懶得來換（或無法來換）的人，這就是他們的想法，雖然立意不良，不過對勤勞的消費者而言還是很方便。

相比之下，大陸的正版光碟銷售商不但稀少，而且服務品質不怎樣，記得我在大陸第一次買正版ＣＤ，那是一片外面還用塑膠包裝密封的正版ＣＤ。包裝精良，十分有正版的感覺，當我回到家把外層塑膠包裝拆掉，打開他正版ＣＤ特有的塑膠殼（一般盜版都是用印刷精良的紙板包裝），結果發現……裡面居然是「空的」！

「這是啥？」震驚過度，腦袋一片空白的我只好拿著這張「正版ＣＤ的殼」問大陸同學該如何處理。

他們的回答是，他們這輩子沒買過正版，所以沒經驗……不過可以告訴我的是：「不用處理了，反正老闆也不會相信裡面是空的，肯定當作是你自己拿走裡面的ＣＤ又硬拗是空的，想來鬧事。」

之後……我就再也不考慮在大陸買正版了。

註一：有經驗的人就會知道，大陸盜版商所謂的「清晰版」有兩種，一種是正版複製，另一種則是偷拍後，利用軟體後製將影像清晰化，雖然比正版的複製品質要差，但是比起舊式的偷拍片，品質可是好上太多了。

奈及利亞的異教徒

二〇〇八年八月二十二號有一則的新聞提到：

非洲國家奈及利亞一名男子有八十六個太太，但奈國回教法庭要求他只能保留四個，否則要判處他死刑。八十四歲奈及利亞男子（貝羅）當過教師跟牧師，娶了八十六個太太，有一百七十名子女，還聲稱阿拉允許他娶這麼多太太。奈及利亞回教法庭指控他褻瀆阿拉，是異教徒，勒令他只留下四名太太，否則判處他死刑。

不知道大家有沒有發現，這是則非常奇怪的報導，因為從字面上來了解，這位有著一群老婆的奈及利亞男子，他被判死刑是因為「褻瀆阿拉，是異教徒」。

可是他褻瀆的方式是「他聲稱阿拉允許他娶一堆太太」。

因此法庭認為他是異教徒，如果他不改變這個說法，並休掉八十二位太太，就要被判死刑。

不過就正常邏輯來說，這件事非常奇怪，當中怪異的地方非常多。

例如：

1. 為什麼一個正常國家，為何會等到一個人娶了八十六個太太才發現他已經超出四個了？

2. 為什麼法庭可以讓他自己選要不要死？

3. 為什麼他才八十四歲，卻有八十六個老婆，一百七十名子女，他的人生到底都在做些什麼啊？

4. 拜他為師的話，可不可以成為吃遍亞洲各大高校和夜店的少女殺手啊？

5.當老師跟牧師可以賺那麼多錢，養活至少兩百五十七個人？

6.他的太太跟子女們不在乎自己的老爸整天叫錯自己的名字嗎？還是他記憶力非凡？

7.他家到底有多大啊？廁所想必很多間吧？

8.他老婆喜歡打麻將嗎？同時二十幾桌開打，場面一定很壯觀吧？

不過最讓人不能理解的是的還是**對奈及利亞回教法庭而言，原來當牧師不算異教徒，娶八十六個太太才算異教徒啊。**

神秘的北韓

先聲明，以下都是我聽來的，因為我身邊沒有更多人進入過北韓，而且很顯然，北韓也不可能發簽證給我，所以我沒辦法去求證。

我對北韓的認知，最早是來自於教科書上簡短的描述。

南北韓戰爭時，由於中國和美國的介入，最終南北韓協議停火，並以北緯三十八度線為界，將國土劃分為二。

但由於我對戰爭史沒什麼興趣，所以也沒有特別去找資料來了解，一直到我到大陸讀大學才「被動地」聽到關於北韓的事，**這算是我第一次對北韓歷史有比較多的了解。**

某日在學校餐廳（大陸稱之為食堂）吃飯，突然意識到今天頭上的電視放映的節目似乎不太一樣，儘管平常就都是在播放政治洗腦性質的新聞和宣揚我校管理人員的功績等等讓人完全提不起興趣的節目，但那天真的不太一樣，不但洗腦力度加強，似乎連節目音量也特別大。

抬頭仔細一看，才發現那天放映的新聞，不時穿插著類似戰爭片的內容，而且不斷重複著「紀念ㄎㄤˋ ㄇㄟˇ ㄩㄢˊ ㄔㄠˊ」之類的聲音，我一下子愣住了，轉頭問我同學，什麼是「ㄎㄤˋ ㄇㄟˇ ㄩㄢˊ ㄔㄠˊ」？他說：「喔……今天是**ㄎㄤˋ ㄇㄟˇ ㄩㄢˊ ㄔㄠˊ 紀念日**啦。」

坦白說，他這樣解釋我還是聽不懂啊，而且我連這句話裡面的標點和文字也沒辦法確定，所以我想了幾種可能。

「抗美元，潮」：我猜測大概是說人民幣對美元，政府說不漲就是不漲，然後為了加強政策支持度，所以希望想個標語推廣給年輕人，所以非常裝酷的加了個

「潮」……等等，這會不會太荒謬了點！

不過仔細想想，在中國，應該沒什麼是不可能的才對……為了政治目的，就算搞個紀念日似乎也不為過啊。這麼一想，一切似乎都合理了起來。

「亢美，元朝」：在「元朝」，有個叫做「亢美」的人（連忽必烈這種名字都有了，有個人叫亢美應該也不奇怪。），因為他起身對抗萬惡的封建制度，結果光榮犧牲了，所以共產黨希望將他樹立為典範，希望人民都能為了偉大的共產事業獻身。

以「雷鋒」的例子來說，據說他喜歡做善事，為善不欲人知，每當有人問他：「你是誰？」他總會瀟灑地說：「我叫解放軍，家就住中國。」，問他：「為什麼參加義務勞動？」他回答：「為什麼？為社會主義添磚加瓦唄！」他平常的嗜好就是讀毛澤東著作，在那個共產主義萬歲，爹親娘親都不如毛主席親的年代，他堪稱完美的典範。不過他運氣不太好（也可能是指揮技術不好），他死的時候才二十二歲，據說死因是幫忙指揮倒車，結果車撞到電線杆，電線杆倒下來正好打到他的腦袋，就這樣一命嗚呼。也有一說是倒車時壓到竿子，竿子折斷彈起來打中他太陽穴，因此一命嗚呼。非常戲劇化。

之後毛澤東主席的題詞：「向雷鋒同志學習」。

隨後，其他黨和國家領導人也相繼題詞。

劉少奇題詞為：「學習雷鋒同志平凡而偉大的共產主義精神」。

周恩來題詞為：「向雷鋒同志學習，憎愛分明的階級立場，言行一致的革命精神，公而忘私的共產主義風格，奮不顧身的無產階級鬥志」。

朱德題詞為：「學習雷鋒做毛主席的好戰士」。

鄧小平的題詞為：「誰願當一個真正的共產主義者，就應該向雷鋒同志的品德和風格學習」。

從此他成為中國名人，共產主義革命戰士的學習對象。

另一個共產黨推薦大家學習的對象是「董存瑞」，他老兄所在連隊負責守軍防禦重點隆化中學。在衝鋒時，遭到一個橋型暗堡的猛烈火力封鎖。董存瑞便抱起炸藥包，準備進行爆破。衝至橋下後，發現橋型暗堡距地面過高，也沒有地方可以放置炸藥包。董存瑞便用左手托起炸藥包，右手拉燃導火索，高喊：「為了新中國（註一），衝啊！」與暗堡同歸於盡。年僅十九歲。也是非常戲劇化。（註二）

不過他喊的最後一句話，有人認為有爭議，因為電影《董存瑞》裡高呼的是：「為了新中國，前進！」，但大陸小學課本以及《董存瑞的故事》等書籍寫的是：「為了新中國，衝啊！」，而某個關於「董存瑞之死」的笑話是這麼寫的：

董存瑞在隆化戰役中所在班被敵人一個頑固的碉堡阻攔，久攻不下，連長對董存瑞說：「這個炸藥包有一面是有膠的，你到橋底下直接貼在上面就可以了。」董存瑞說：「好。保證完成任務！」

槍林彈雨中，董存瑞跑到了橋底下，把炸藥包貼到了橋底下。

只聽從橋底下傳出董存瑞的呼叫聲：「連長，這個炸藥包兩面都是膠！」

總之，中國共產黨喜歡「立榜樣」這點是毋庸置疑的，至於為什麼是「亢美，元朝」，而不是「元朝，亢美」？我認為這是因為他們覺得這樣唸起來比較帥，再加上共產黨天生反骨，他們可能推測國民黨在台灣有個「民國中正」這種紀念日，想說不能輸，加上硬是要跟國民黨不一樣，所以故意倒裝，搞了個「亢美元朝紀念日」也是很有可能的。

「**亢美原潮**」，雖然說這很像日本人的名字，但搞不好有個偉大的共產主義革命先烈真的就叫這個名字，而「亢美原潮紀念日」就是要紀念他的。

仔細想想，連「努爾哈赤」這種鬼名字都有了，大陸又一天到晚說自己有五十六個民族，搞個少數民族的偉人來當目標，促進國家統一大業，讓那些整天說要獨立的新疆和西藏知道有個榜樣需要看齊，也是很合理的啊。

想過幾種可能性之後，我繼續問同學：「到底什麼是ㄎㄤˋ ㄇㄟˇ ㄩㄢˊ ㄔㄠˊ啊？」

聽過他的解釋後，我才明白，原來ㄎㄤˋ ㄇㄟˇ ㄩㄢˊ ㄔㄠˊ是「抗美援朝」，北韓在中國不叫做北韓，叫做朝鮮，而南韓他們叫韓國。

依照共產黨的版本是說：「當年萬惡的資本主義國家美國，企圖消滅美好的共產主義，並且越過北緯三十八度線威脅到新中國的安全，因此儘管戰爭不是發生在自己國家，但是充滿正義感與使命感的中國共產黨，為了救助同樣從事共產主義革命事業的北韓共產黨同志，所以義不容辭的出兵派糧到北韓，儘管有許多犧牲，但是共產黨同志們以小搏大，終於讓萬惡的資本主義國家美國屈服了，定下互不侵犯條約，因此直到現在，中國都還是會在這光榮的日子（十月二十五日，開始與朝鮮人民軍並肩作戰）來慶祝，希望後人不要忘記先人的偉大。」

同樣一件事，我在美國時有問過身為南韓人的同學，他們的版本跟中國的版本不太一樣，不過有趣的是，在這兩本版本中，美國都是扮演壞人的角色。

南韓的版本：「南北韓本是同一個國家，但是由於共產黨和美國的插手，導致南北韓分裂，邪惡的美國甚至趁機在南韓佈署兵力並撈取好處，十分混蛋。」不過我當時很好奇的問了一句：「如果混蛋美國當時不要在南韓撈取好處，不要在南韓部署兵力，這樣你們就不會分裂了是嗎？」「當然啊，這一切都是美國的陰謀！」南韓同學十分激動。「所以與其被美國撈好處，你們更喜歡過北韓那種生活是嗎？」我接著問。然後我的南韓同學就沉默了。

看樣子，南韓的政治教育跟中國也不遑多讓啊。

之後，我第二次對北韓的深入了解也是在中國。

某天，我在中國搭車，我忘了什麼原因，但我發現我隔壁的兩個人居然是北韓人。聽他們說，他們是國家派出來留學的，而且，他們在北韓有國家發的薪水，國家給的房子，完全就是真正的共產主義國家。

雖然說我沒問：「薪水有多少？房子有多大？給的到底是房子還是房間？國家有沒有順便給老婆？讀書讀不好會不會被槍斃或是勞改？」但是我從他們說話的神情中，感受到他們對共產主義的崇拜，害我有點害怕，深怕我的好奇心會讓他們認為我對共產主義不敬（不過我對共產主義也真的尊敬不起來就是了），害我在中國的小巴士上就被革命了……所以這段談話並沒有持續下去，我只敷衍的說了句：「是喔，聽起來真好……」就沒有再繼續下去了。

我對北韓的第三次深入了解，是來自於在日本遇到的一位雙重國籍的同學，他自稱擁有「中國和韓國」雙重國籍。

他告訴我，中國因為和北韓算是兄弟國，所以中國算是少數能突破北韓鎖國政策到北韓旅遊的國家，他跟他表哥以前有到北韓去玩過，出乎他意料的，他在北韓看到的美女不少，比南韓還多，而且還是那種都沒化妝的天然美女！

他告訴我，北韓因為沒怎麼開發，所以自然環境好得不得了，而且也不知道是教育成功還是嚴刑峻法的關係，那邊沒有人亂丟垃圾。想想也很有道理，如果你在新加坡亂塗鴉要被施以鞭刑，那在北韓亂丟垃圾就算會被施以宮刑或是挑斷手腳筋之類的也不奇怪吧。

他提到他在北韓印象最深的景點就是遊湖（也許是游江，我記不太清楚），我說遊湖有什麼可以印象深刻的，不就是搭船在水上晃來晃去嗎？難不成北韓的人用軍艦載你們不成？他說：「你不懂啦，如果你跟我看到一樣的景象，你一定也會忘不了的！」咦？那他到底看見了什麼？越說我越好奇了……。

追問之下才知道，當時他跟他表哥坐輪船去遊湖時，船到湖中心就停住了，然後水上水氣瀰漫，漸漸地，有東西從霧中穿出，原來是數艘小木船，船上除了划船的人以外，載的都是美女！聽到這邊我心中已經十分激動了，不過更驚人的是他接下來說的話。

他說，打從一開始上船沒多久，導遊就開始發泡麵，他覺得很奇怪，泡麵？有人出國導遊發泡麵叫客人自己解決的嗎？而且如果是中餐吃泡麵的話，量也未免太多了，一人一箱是要吃到什麼時候啊！觀光團所有遊客都不解這是為什麼，大家都看著導遊，希望他能解釋一下，不過導遊故作神秘地說：「這個泡麵不是給你們吃的，是給你們往水裡丟的，等一下我叫你們丟再丟，不過記住，外包裝不要拆，還有，要慢慢丟，一包包的丟。」接下來導遊帶著神秘的笑容，不再做任何解釋。

我問我他：「這是為什麼？」他說他也不知道，如果是要餵魚，這堆泡麵也未免太多了點，難道是很大的魚？而且魚還會表演拆包裝？他實在不曉得。

船繼續行駛，一直到了湖中間才停下，接下來就是發生前面提到的事，霧中有小船，小船划來圍住輪船，一副海盜要打劫的模樣，可是船上載的又都是美女。此時導遊告訴大家：「**就是現在！**」

當第一個人把泡麵丟下水之後，大家才知道發生什麼事，所有美女都跳下水去搶浮在水上的泡麵，他說那個景像簡直就像是你拿著麵包屑到公園餵鯉魚一樣，你能想像嗎？美女耶，而且是一大群美女，在你面前渾身濕淋淋、翻來覆去的爭奪著水上那包泡麵！那簡直已經超出「壯觀」二字所能形容的範圍了！

結果我這位沒出息的朋友，居然因為看到一個超漂亮的美女（他說的），一不小心整箱泡麵弄翻，提早結束了這次的餵美人魚之旅。直到結束，他都只能眼巴巴的看著別人丟泡麵……。

最後一次我聽到別人說關於北韓的事，也是在日本，是一位常常要往來日本和中國的上班族，中國人。他說他住得離北韓很近，每天早上一醒來，窗外的鴨綠江對面就是北韓，所以常常會看到北韓的人。

他說一到晚上，就會有北韓的漁船划過來，如果有人在江邊，船上的人就會問：「要不要女人？」聽起來很像是性交易，不過聽了接下來內容我才知道這遠比性交易還要來的划算，而且很殘酷。

他接著說：「如果你回答『要』，那他就會打開船板，船板底下有一群女人，大致上長得都還可以，而且可以隨便挑，行情價是一個女人換一袋大米。」看樣子，北韓缺乏物資的傳聞是真的，而且搞不好比一般人了解的都還要嚴重。

我問他：「這些女人被換回家後會怎樣？」

他回答：「要幹什麼都可以，一般都是當傭人，不過因為逃跑率很高，所以後來換的人也少了。」

我心想，如果是我應該會一直換吧，反正跑了一個不過就等於掉了一袋米，而且救人一命勝造七級浮屠，她們在北韓的日子肯定比在我房間……打掃，還要更辛苦啊，我這是佛心來的。

故事還沒完，聽他說，有時候會有人來抓那些逃跑的女人，**如果被抓到的話，下場就是用鐵絲穿過鎖骨後面的肌肉，整串拖回北韓……結局不明。**

如果有一天，有某個國家真的發兵瓦解北韓政權，我會認為他是在做善事，不過若真有那麼一天，也一定還會有人說那個國家是在干預北韓內政，自以為了不起。說這種話的人，有機會應該讓他去北韓住一段時間才對。

註一：中國共產黨取得政權以前的中國是舊中國，中國共產黨取得政權以後，中國就變成新中國了。

註二：之後部隊黨委授予他「戰鬥英雄」、「模範共產黨員」稱號。在河北省隆化縣北郊，有董存瑞的墓地和紀念碑，碑上刻著朱德的題詞：「捨身為國，永垂不朽。」

目前網路上只要搜索「董存瑞」，排名靠前的圖片，都是他單手舉著炸彈的英勇模樣。

2 你所不知道的真相

路，是人走出來的；
事實，通常也是人想像出來的。

煙火背後的涵義

「擲筊大賽」，這個名詞對台灣人來說應該不陌生吧？每年到了固定時間，總會有一些廟宇舉辦擲筊大賽，贏的人可以把金牌、機車、汽車之類的獎品帶回家。

老實說，對於「擲筊」（註一）這種東西我還真是一點也不懂，一直到開始寫這篇文章為止，我都還不知道除了「聖杯」（一正面一反面）和「笑杯」（雙正面）之外，兩個都是反面的情況到底要叫做什麼？

照邏輯來說，雙反面是雙正面的相反，那雙正面叫做「笑杯」的話，雙反面不就應該叫做「哭杯」嗎？但還有一個小問題，就是聽起來不太好聽，哭杯……好像是髒話吧。

查了資料之後我才知道，兩個都是反面的情況稱之為「陰杯」或「怒筊」，所以說，中國文化的確是博大精深啊。（遠目）

回到正題，去年我家附近的土地公廟為了選出當年的爐主所以舉辦擲筊大賽，規則是……我不知道，我爸也不知道，但不知不覺那尊土地公就在我家作客了。

不知不覺我們請人趕工打造了個架子來安放。

不知不覺，土地公爺爺已經住在我家一年然後又搬走了。

一切聽起來都很莫名其妙對不對？**為什麼我們家沒人知道擲筊大賽的規則，卻又贏得擲筊大賽呢？**嗯……其實說不知道擲筊大賽規則有點不準確，正確來說，是我們連有這麼個比賽都不知道啊！

其實我爸是個無神論者，他平常拜拜歸拜拜，但也不認為會因此得到神明保佑什麼的，只是逢年過節大家都在拜，他也就跟著走完流程罷了，若要他自己去廟裡求神佛什麼，那更是不可能！更有甚之，有時都被人帶到廟口了，他也情願在外面抽菸。除了祭拜祖先外，我從沒看過我老爸在沒人逼迫的情況下拿香拜拜。就算是清明祭祖，所有親戚都在場的情況下，他也還是堅持對燃燒金紙這種不環保的行為大肆抨擊。

像他這種人，當然不可能去參加什麼「擲筊大賽」了，但詭異就詭異在這個地方，據當天在場人士描述，所有現場參賽者都到土地公面前準備擲筊，但主辦單位顯然對人數不太滿意，所以全部參賽者在現場擲完後，主辦單位又另外準備了這區所有住戶的名單，一個個代替他們擲過去，到最後……就是土地公搬到我家住了一年。

按照慣例，土地公在入住爐主家之前，必須要帶祂去旅遊，可是我說了，我爸是個無神論者，而且還是個連小細節都很注意，徹頭徹尾的無神論者，所以上下車進出寺廟時抱著土地公的重責大任就落到我身上了。不開玩笑，重責大任真的很重。

旅遊全程，土地公身上都要背著彩帶，就像選美小姐那樣，然後捧的人要負責讓土地公姿勢端正，而且還有人會不時過來注意土地公的水平位置和海拔高度——必須要保持在我胸前正中。其實這說來也就是有點龜毛倒也不至於嚴苛，但問題是，這是石頭刻的（我懷疑搞不好是什麼密度特高的外星隕石做的，外觀漆黑，奇重無比），不是木頭啊！

在地心引力的影響下，我實在沒辦法一直把土地公捧在同樣的位置，只能上上下下的不斷調整。我盡力了，可是神婆還是不滿意，好像以為我是故意抱著土地公上上下下的……**我也不想啊！**這種畫面，如果被不知情的外國人看到，搞不好還以為我是個拿著男版芭比娃娃（選美款限定版）在路上猥褻摩擦的變態勒！

而且既然**身為神明**的土地公欽點我爸當爐主，他必然知道我爸不會捧，他必然知道會變成我捧，他也必然知道身為美少年的我是不可能力大無窮的，因此我斷定土地公是故意的！他就是喜歡在我充滿彈性的胸前和腹部上上下下的摩擦，所以才故意讓我爸中選爐主的！

神婆居然無法理解土地公的心意，實在很不專業。

我印象十分深刻，當我把土地公交給其中一間廟的工作人員時，他接手過去的那瞬間說了一句：「哇，怎麼這麼重？估計是我抱過的幾百個土地公當中最重的！」

當工作人員說這句話的時候，我轉頭看神婆，想說這下她應該理解了吧。沒想到這一看，我才發現**她居然正在起乩！**而且起到渾然忘我，一副嗑藥過度連路都走不穩的樣子。周圍的人全都讓開不敢靠近……我趕緊別過頭，深怕被別人知道我是跟她同一團的。

我不是瞧不起別人謀生的方式啦，只是我這個人比較低調，你們知道的。

跟土地公一起旅遊的過程也是讓我印象深刻，我看了整天的泳裝美女，我想大概是我這輩子連續看女人穿泳裝最久的一次了。

因為車上的長輩們實在太HIGH，所以沿途不斷地點歌，而卡拉ＯＫ製造商大概為了節省成本，所以不斷地出現同一位濃妝豔抹的泳裝美女在海邊、船上、桌子上等各種詭異的地方摩擦柱子，擺出撩人的姿態。

說到這邊，不禁讓我想到有一次我在網上閒逛，猛然看到一位美少女的相簿，標題寫著「福隆」，福隆我沒去過，但我可聽過大名鼎鼎的福隆啊，就是海水浴場嘛……海水浴場當然就代表著泳裝嘛……

不囉唆，馬上點！

點開後，我看了第一頁……不對吧，第二頁……一直看到最後一頁，我發現相片有一半是在車上拍的，剩下的則是全部人穿著上衣短褲，腳上套著夾腳拖鞋一堆人擠著照相，照片下面還附註：「哇，不愧是九車，人真多。」是啊，如果相片中間那位再捧一尊神像大概就跟進香團一樣了，如果每人發一根香腸，說是在夜市拍的也會有人相信吧。

這是怎麼一回事？**妳們身為美少女的自尊呢？**國家給妳們資源，社會給妳們特權，為的就是要妳們長大後記得報效國家，造福社會，有益於人民群眾！但妳們這種到哪裡都跟進香團一樣的行為，實在太自私，太令人失望了！

說好的泳裝呢（原曲：周杰倫）

怎麼了　妳累了　說好的　泳裝呢

我懂了　不說了　愛淡了　夢遠了

開心與不開心一一細數著　妳再不捨

那些愛過的感覺都太深刻　我都還記得

妳不等了　說好的　比基尼呢　我錯了

淚乾了　放手了　後悔了

只是回憶的音樂盒還旋轉著　要怎麼停呢

我認為這個國家的體制一定是哪裡出了問題，**否則為什麼應該是出現泳裝美少女的地方卻出現進香團，而我們明明是進香團卻整路都在看著穿泳裝的女人搔首弄姿？**

好吧，回到現實，反正入境隨俗，搞不好是土地公有託夢跟神婆說祂就是喜歡這一味也不一定啊，不然為什麼最後結尾回祂原本的廟的時候，神婆又跑出來，一邊打嗝一邊像是喝醉酒一樣（奇怪，這不是濟公上身的橋段？），用裝可愛的聲音跟大家說：「土地公公（神婆的發音是ㄍㄨㄥ ㄍㄨㄥˊ）說祂很高興，說大家要團結，以後也要這樣，這樣祂就會保佑大家。」（大致上是這個意思）然後她醒來後大家就解散，結束了這次土地公出外看朋友之旅。（註二）

對了，可能有人好奇，唸到我老爸名字時究竟是連續出了幾個聖杯呢？答案是：七個聖杯！

我在想，之前到現場跪了又跪，拜了又拜，展現十足誠意全力角逐爐主的人應該很尷尬吧。

故事到了尾聲，題目說的：「煙火背後的涵義」又是什麼呢？

以往我一直不曉得為什麼我家附近老是在放煙火，不過，自從我那次抱土地公回廟，沿途就像炸邯鄲一樣，被迫從兩邊都是連續的煙火和鞭炮的路線中走過，屁股還被流彈炸到，我才知道為什麼我會常常看見煙火了。

所以如果你家附近也常常看見煙火的話，通常代表著的意思不是夏天的到來，不是有什麼神秘的紀念日你不曉得，也不是你家周圍一直有人在發情求愛，而是你被廟宇包圍啦。

註一：下列是陽陰組合的說明：（來源：wiki百科）

1.一陽一陰（一平一凸）：稱之為「聖杯」（或「聖筊」）表示神明認同，或行事會順利。但如祈求之事相當慎重，多以連三次聖杯才做數。

2.兩陽面（兩平面）：稱之為「笑杯」（或「笑筊」），表示神明還未決定要不要認同，行事狀況不明，可以重新再擲筊請示神明，或再次說清楚自己的祈求。

3.兩陰面（兩凸面）：稱之為「陰杯」（或「怒筊」），表示神明不認同，行事會不順，可以重新再擲筊請示。

在民間信仰中，擲筊有幾個約定俗成的禮儀如下：

1. 擲筊通常以三次為限。

2. 擲筊前需在神靈面前說明自己姓名、生日、地址和請示的事情。

3. 擲筊前雙手要合住一對筊杯，往神明面前參拜之後，才能鬆手讓筊杯落下。

註二：據他們說，包遊覽車帶著土地公像到其他土地公廟參拜，是因為土地公要去看朋友。不要問我為什麼神還要坐遊覽車才可以去看朋友，也不要問我說這樣土地公平常像是坐牢一樣會不會太寂寞。這些問題神婆都沒有解釋。

請珍惜穿學生制服的時光

網友卡胖留言：

我覺得學生的制服是個很奇怪的設計，它很薄，非常薄，跟衛生紙一樣薄（透明的程度），薄到可以看到Bra，這樣不就是薄紗了嗎！不會太性感嗎？

炎炎夏日，香汗淋漓，薄薄的制服貼在身上，是要男同學怎麼辦啊……！

而制服薄學校不改進，反而是禁止女學生穿有顏色的內衣，或是內衣外還要再加一件白色襯衣，沒道理啊！

如果是因為做厚一點成本會增加，那就應該在好幾十年前就製作成厚的款式，價格一直沿用到現在，自然就沒有變貴的問題了吧。

如果是為了涼爽，那多穿一件襯衣難道就不熱嗎？

以下是我的回答：

關於制服的設計，你問：「炎炎夏日，香汗淋漓，薄薄的制服貼在身上，是要男同學怎麼辦啊……！」

以我在人生旅途上多走了你幾步的經驗，或許可以給你一些建議：「**我認為，只要滿懷感激的默默欣賞就好了**。」

更有進取心一點的，也可以藉友情之名跟這些個「香汗淋漓」合影留念，將來絕對會成為你學生時代最美好的回憶的，這就是青春啊！

要知道，這可是學生才有的特權啊啊啊啊！

想想看，當你人生走到了盡頭，行將就木進入彌留之境，你或許會拿出照片，回想起這些往事，你會面帶微笑，伸出拇指，比出GJ（Good Job）的手勢，將這些照片交給子孫，拍拍他們的手，告訴他們：「這是阿公的青春，也是阿公最珍惜的回憶，它教會了我什麼是友情，什麼是熱血。阿公要先走了，你們一定要將這分精神傳承下去，不要辜負阿公對你們的期望。」這是多麼溫馨多麼感人的畫面啊……

錢財乃身外之物，唯有回憶，是誰也奪不走的。

古人云：「花堪折須直折，莫待無花空折枝。」

又云：「莫等閒，白了少年頭，空悲切。」

古聖先賢都這麼說了，我們豈有不照辦的道理？

凡是萬物，存在皆有其道理。

為什麼長頸鹿脖子長腳長，而不是頭髮長？

為什麼蝴蝶整天像個花痴一樣飄來飄去？

好吧，雖然第二項我也不知道原因，但至少達爾文已經告訴我們第一項的答案，那就是「現在所有的一切，都是物競天擇的結果。」所以說，天氣炎熱的台灣，穿薄一點，顯然比較合理。

但這個世界，並不是所有物種都是遵循自然法則的，這是因為有「人類」的存在。人類會根據自己的喜好，去培養出一些在自然界不具競爭力的物種。例如爆眼珠的金魚，搖頭晃腦流口水的寵物犬等。

而在制服的這個例子上，「人類根據自己的喜好，去改變物種外觀」這個理由，顯然更為合適。

將視線放遠一點，我們可以看到至聖先師孔子的那個年代，大家上課時可是無視天氣變化，全都穿得像是要去青康藏高原踏青一樣。

而且，除此之外，都是男的！

這太讓人傷心了，**重點是，不太美觀**。

以下狀況在古代可能經常發生：

「老師，天氣這麼熱，我們可以開冷氣嗎？」學生抹汗。

「傻孩子，這個年代可還沒發明出冷氣這種東西啊。」老師微笑。

「那……老師您的意思是？」學生背上突然一陣寒意。

砰！老師突然運起一百萬匹的頂級功力，將外衣震裂成一塊塊的碎布飛散四周。一邊抖動著胸肌一邊靠近。

「老……老師，你想幹什麼？」學生驚慌失措到連敬語都忘記使用了。

這時，老師突然用迅雷不及掩耳的身法出現在學生的背後，巨大的手掌搭上了學生纖細的肩膀。

老師眼睛閃著紅光對學生說：「乖，把衣服脫掉吧，Be a Man！」

然後學生終於從男孩變成男人，故事就在啜泣聲和眼淚中結束。

於是乎，為了讓一般人擺脫困境，擁有大智慧的古聖先賢們組成正義的秘密組織，開始發展出各種看似非常堂而皇之的理論，從根本來影響這個社會，改變這個社會，例如：男女平等，女子受教權，女子工作權，為的就是從貴族手中奪取「隨時隨地看正妹」的權力。

想想看，以前職場沒有女性，學校沒有女學生，各種萌屬性，諸如「傲嬌女學生，性感ＯＬ大姐，天然呆學妹，青梅竹馬同級生，辦公室不倫戀」都不存在，直到適婚年齡，才來個「父母之命，媒妁之言」，莫名其妙就跟自己沒見過面的女人結婚了，多慘啊！

好吧，我承認就算職場只有男性也能搞辦公室不倫戀，而且更加不倫……，但這應該不是大家所樂見的。

以下狀況在古代可能經常發生：

「主任，天氣這麼熱，我們可以開冷氣嗎？」職員抹汗。

「傻孩子，這個年代可還沒發明出冷氣這種東西啊。」主任微笑。

「那……主任您的意思是？」職員背上突然一陣寒意。

砰！主任突然運起一百萬匹的頂級功力，將外衣震裂成一塊塊的碎布飛散四周。

一邊抖動著胸肌一邊靠近。

「主……主任，你想幹什麼？」職員驚慌失措到連敬語都忘記使用了。

這時，主任突然用迅雷不及掩耳的身法出現在職員的背後，巨大的手掌搭上了職員纖細的肩膀。

主任眼睛閃著紅光對職員說：「乖，把衣服脫掉吧，Be a Man！」

然後職員終於從男孩變成男人，故事就在啜泣聲和眼淚中結束。

基本上，以前能在結婚前摸到女人纖纖小手，粉嫩臉蛋，水蛇柳腰的就只有貴族啊！

所以古聖先賢們所組成的正義秘密組織，利用各種學說和理論，煽動群眾運動，最後終於將世界解放，將「隨時隨地看正妹」的權力奪回給一般人，而我們現在之所以可以在學校合理的看到女學生香汗淋漓地穿著薄制服，絕對是要感謝這些前輩們。

就像廚師們最高興的，就是看到客人將自己所煮的菜都吃光光一樣，身為普通人的我們，什麼都別問，只要好好地享受這一得來不易的成果，就是對前輩們的努力所作出的最大肯定了。

你提到有學校「禁止女學生穿有顏色的內衣，或是內衣外還要再加一件白色襯衣」，我相信，這絕對是貴族的反撲，貴族的陰謀！

不過，不要擔心，世界潮流是站在我們這一邊的，戰友們也接連提出「裸體是一種藝術，地球暖化日益嚴重，節能減碳救地球」等等的理論，相信很快地，貴族們就會潰不成軍，到時候我們就不需要再討論制服厚薄的問題了。

對了，不要問我：「為什麼你會知道？」

因為「我是正義秘密組織的一員」這種事我是不會告訴你的。

「孃王」是……？

可能有人不了解標題的「孃王」是在說什麼，所以稍微介紹一下，以下引用自維基百科：

《孃王》（じょうおう）為日本作家倉科遼企劃之《霓虹街三部曲》之第一部作品，由漫畫家紅林直作畫，第一部連載於集英社的青年漫畫雜誌《Business Jump》二〇〇四年第十八號至二〇〇八年第五號，第二部（《孃王 Virgin》）連載於《Business Jump》二〇〇九年第十一號至今，單行本至二〇〇八年時有十二卷。

二〇〇五年十月七日至十二月二十三日，東京電視台在日本時間每星期五播出電視劇版，全十二集，為新深夜日劇時段《電視劇二十四》系列的第一作，系列特色為有由AV女優演出之情色鏡頭出現。

裡面的劇情呢?由於是十八禁的，所以直接引用自維基百科！（咦?兩者之間的關係是?）

女大學生藤崎彩（ふじさきあや）因為要替經營中小企業破產的父親償債一億五千萬日元，於是退學下海從事酒店女公關（キャバクラ孃）。為贏取六本木酒店「Club Piano」所舉辦的「R1」（第一女公關）的稱號「孃王」及五千萬日元的獎金，藤崎彩只好使出渾身解數，但是其他的女公關可也不是省油的燈。一場揭露酒店女公關華麗生活內幕的肉搏戰於是展開。

故事本身毫無問題，問題是「孃王」這個詞彙本身，究竟是什麼意思呢?

我查了一下教育部國語辭典，裡面是這麼寫的。

孃

拼音：niang 注音：ㄋㄧㄤˊ

母親。玉篇．女部：「孃，母也。」如：「爹孃」。唐．杜甫．兵車行：「耶孃妻子走相送，塵埃不見咸陽橋。」

所以說，孃王就是「母親之王」。

孃王的故事也應該改成如下：

歐巴桑藤崎彩因為要替經營中小企業破產的父親償債一億五千萬日元，於是退學到菜市場賣肉。為贏取社區菜市場「Market Piano」所舉辦的「O1」（第一歐巴桑）的稱號「孃王」及五千萬日元的獎金，藤崎彩只好使出渾身解數，但是其他的歐巴桑可也不是省油的燈。一場揭露社區菜市場歐巴桑華麗生活內幕的肉搏戰於是展開。

好像不太好看啊……收視率沒問題吧？

一定有哪裡有問題吧……於是我又查了說文解字，裡面是這麼解釋的。

孃

拼音：niang 注音：ㄋㄧㄤˊ

《卷十二》《女部》孃

煩擾也。一曰肥大也。从女襄聲。女良切。

所以說，孃王就是「肥大之王」。

孃王的故事也應該改成如下：

體重數字＝身高數字×2 的女大學生藤崎彩因為要替經營中小企業破產的父親償債一億五千萬日元，於是退學到美國參加世界大賽。為贏取全球肥仔俱樂部「Club Fat」所舉辦的「F1」（世界第一肥）的稱號「孃王」及五千萬日元的獎金，藤崎彩只好使出渾身解數，但是其他的肥仔可也不是省油的燈。一場揭露世界肥仔們華麗生活內幕的肉搏戰於是展開。

感覺不太對勁啊……編劇真的沒問題吧？

難道，故事就要從女大學生下海這麼讚，啊不是，是這麼傷風敗俗卻發人深省的具有深度的劇情，變成超市歐巴桑或是世界肥仔俱樂部之間的決鬥了嗎？先不說收視率，連我自己都想不透這到底是什麼啊！

等等，仔細一看，我們可以發現，雖然中文版維基百科寫的是「孃王」，但日文版維基百科寫的可是「嬢王」啊！

看不清楚嗎？放大一點

中文版維基百科「**孃**王」（註一）

日文版維基百科「**嬢**王」（註二）

這這這……這是怎麼一回事？兩個字右上角不太一樣啊！

一個是兩個口，一個是八啊！

於是我查了連續劇的官方網站「テレビ東京（東京電視台）」（註三），上面寫的是「孃王」，而且漫畫原著集英社的官方網站（註四），寫的也是「孃王」，那中文版維基百科的「嬢王」又是怎麼一回事呢？

原來台灣取得播映權的「民視」在其官方網站（註五）上，除了最上面那張圖片估計是跟日方「借」來的，寫的是「孃」，剩下的文章統統寫的是「孃」……這下謎底解開了。

好吧，我們重新來過。

我去查了教育部國語辭典，找不到「孃」這個字，但是卻在大陸網站「漢典（註六）」當中找到了，上面這麼寫著：

孃

拼音：niang 注音：ㄋㄧˊㄤ

◎古同「孃」。

原來是古字啊，那「孃」又是什麼呢？

我查了教育部國語辭典，他是這麼寫的：

孃

拼音：tǎng 注音：ㄊㄤˇ

見「孃闐」條

真是一波多折啊，所以我又查了「孃闐」。

爣閬（註七）

拼音：lǎng 注音：ㄊㄤˇ ㄌㄤˇ

火光閃明的樣子。後引申為空間寬敞明亮。文選．王延壽．魯靈光殿賦：「鴻爌炾以爣閬，飂蕭條而清泠。」或作「爣朗」、「爣烺」。

所以說，「孃王」的故事應該是長這樣的：

女大學生藤崎彩因為要替經營中小企業破產的父親償債一億五千萬日元，於是退學到日本參加建築師大賽。為贏取日本建築師俱樂部「Club Architect」所舉辦的「A1」（將昏暗狹小的住宅改造成寬敞明亮的建築師之王）的稱號「孃王」及五千萬日元的獎金，藤崎彩只好使出渾身解數，但是其他的建築師可也不是省油的燈。一場揭露日本建築師們華麗生活內幕的肉搏戰於是展開。

聽起來有看頭多了，連我都很想看啊！

不過……這不就變成了「全能住宅改造王」了嗎？

喂……這是抄襲吧！

註一：中文版維基百科「孃王」：http://zh.wikipedia.org/zh/孃王

註二：日文版維基百科「嬢王」：http://ja.wikipedia.org/wiki/嬢王

註三：テレビ東京「嬢王」官方網站：http://www.tv-tokyo.co.jp/jyouou/

註四：集英社「嬢王」官方網站：http://bj.shueisha.co.jp/jooh/

註五：民視「孃王」官方網站：http://program.ftv.com.tw/Drama/queen/barmaid.html

註六：「漢典」官方網站：http://www.zdic.net/

註七：「閬」在「漢典」上查到的發音教育部國語辭典的不同，拼音：lang 注音：ㄌㄤˋ

上帝存在嗎？

一則關於上帝的網路笑話：

有一位海難的生還者被沖到小島上，當他醒來抬頭一看，發現一群土著正拿著長矛將他團團圍住。

「這下完了！」他絕望地大喊。

「不，還沒。」天上傳來低沉的聲音：「聽著，現在開始照我的話去做，拿起插在你身旁的長矛，朝著你眼前打扮花俏的那個土著衝過去，他是首領，用長矛往他心臟刺進去。」

男子照做之後，趕忙舉頭對著天空問：

「然後呢？」

低沉的聲音回答：「然後你才真的完了。」

不知道大家有沒有思考過「上帝是否存在」這個問題？

有些人懷疑上帝的存在，有些人相信上帝的存在，比較特別的是，有人相信上帝的存在，但卻質疑禱告的力量，例如維多利亞時代的一位奇特的科學家法蘭西斯．高爾頓男爵（Francis Galton），他是一位虔誠的教徒，但卻對禱告的效果質疑，於是他便希望用科學的方法來測量禱告的效果，他想到的方法是：「如果禱告有效，那麼大部分人對生命的渴望應該會反應在禱告上才對。所以如果禱告有效，那麼比一般人禱告得更久更認真的神職人員的平均壽命應該比一般人長才對。」但是在他分析了數百筆資料之後，卻發現神職人員其實比醫生和律師短命！這讓高爾頓不禁懷疑起禱告的力量。

撇開禱告到底有沒有效不談，許多基督徒或是天主教徒基本上是無條件就相信上帝的存在，或者說他們的所有想法，都是根據「上帝存在」這個觀點來往下發想的，可是如果上帝不存在呢？那耶穌所稱，那些「上帝告訴他的事」是否就意味著是謊言呢？

想要知道這些問題，我認為可以從「上帝是否存在」這個問題來著手，但是會對「上帝的存在」抱持疑問的人，基本上都是「沒看過」上帝的人，我也是其中之一。

所以問題來了：「我要怎麼去證明一個我沒看過的東西是不是存在？」

而且這又會衍生出另一個問題，就是：「你想的上帝跟我想的上帝，是同一個上帝嗎？」這很難確定，畢竟光是提到「上帝」這一類字眼，不同宗教不同解釋的情況就有多，因此我們將問題單純化，題目改為「聖經裡形容的上帝是否存在」。

首先，聖經中提到「上帝是全知全能全善」的，因此我們只要能證明上帝不是全知，或不是全能，或不是全善，就可以證明「聖經所說的上帝不存在」。

而最常見，也是最多哲學家在探討的，叫做「全能悖論」。

當代，關於該悖論的一個通俗版本是：「上帝能夠創造一塊連他自己都搬不動的石頭嗎？」這個問題是難以回答的。如果他能創造這樣的一塊石頭，那麼他就會搬不動這塊石頭，那麼他也就必然不是全能的；如果他不能造這樣的一塊石頭，你又如何說他是全能的呢？

但這樣的論點，其實中國自古以來就有，叫做「自相矛盾」，大家還記得「自相矛盾」這個成語的由來嗎？

從有個小販，在街頭販賣矛和盾。

他說：「看我的盾，多麼堅固！它是用最堅韌的材料做的，不論什麼東西，都不能刺穿它。」

過了一會，他又舉起一支長矛說：「看這支長矛，多麼鋒利！它是用最堅硬的材料做的，不管什麼東西，都能刺破。你們大家來開開眼界吧。」

有個觀眾聽了，走到小販面前問道：「如果用你的矛去刺你的盾，又將會如何呢？」

那愛吹嘘的小販被他問得啞口無言了。

如果上帝無所不能，那他應該可以做出「無堅不摧的矛」和「無法可破的盾」，那兩者互擊，又會如何呢？

如果上帝只是個愛吹噓的小販，那他就不是上帝囉？那麼聖經所形容的上帝就不存在囉？

因此，上帝的傳說就被哲學家們給打破了。我們下回再見。

等一下……！如果故事到此為止就結束的話，那那麼多人是在對空氣禱告嗎？宣稱當上帝僕人的教宗和牧師們今後又要何去何從呢？

更重要的是篇幅太短了啊！

為了把湊字數，啊不是，是為了讓事情有個完美的結局，我們再來嘗試其他可能吧：如果說，上帝的「全能」指的不是「無所不能」而是「隨心所欲」呢？

有人問：「這有差嗎？不都是想怎麼做就能怎麼做的意思嗎？」

當然有差啦，因為以上假設的都是上帝因為太厲害了，所以任何無理的要求都必須達成。

例如說：我們可以叫無所不能的上帝製造出一隻「黑色的小白兔」或是「圓圈狀的三角形」，而且無所不能的上帝應該都可以輕鬆辦到才對。

但問題來了，「既然是黑色，怎麼能叫小白兔，不是小黑兔嗎？」

「既然是圓圈狀，又怎麼會是三角形，不是圓形嗎？」

雖然說這只是賣弄文字遊戲而已，但我們無所不能的上帝卻只能無言以對。

而我們的上帝之所以會面對這種無解又尷尬的情況，都是被他那些聲稱「上帝無所不能」的門徒害的啊。

但如果上帝的全能指的是「隨心所欲」，那事情就不一樣了。

隨心所欲，想怎麼幹就能怎麼幹的上帝大可如下回答：

「既然是黑色的，怎麼能叫小白兔？」

「既然是圓圈狀的，怎麼能叫三角形呢？」

「你是傻的啊？」

「不過看在你有創意夠噱頭的分上，我先把你變成一隻黑肉兔，再讓你長出白毛，然後再把你圓形的尾巴變成三角形的，多種願望一次達成，這下你滿意了吧。」

於是乎，一隻「有著三角形尾巴，長著白毛的黑肉兔」就這麼誕生了……。

回到「自相矛盾」這個故事，「隨心所欲」的上帝大可變出一把「無堅不摧的矛」然後讓所有人測試，試到他們爽為止，然後再把矛直接變成「無法可破的盾」，一樣讓心存疑惑的人試到爽為止。

如果有人問「無堅不摧的矛」和「無法可破的盾」哪個厲害，上帝也可以回答「我要哪個厲害，哪個就比較厲害，因為我是全能的。」這就叫做隨心所欲。

所以，上帝是可以全能的，因此聖經中的上帝是可能存在的。

因此事情終於可以告一段落了，上帝……不不不，事情當然沒這麼簡單，我們再來看看聖經。

根據《聖經》舊約創世紀記載：

耶和華上帝將一男（稱亞當）一女（稱夏娃）安置在伊甸園中。伊甸園的中央有兩棵樹，一棵是「生命樹」，另一棵是「知善惡樹」。上帝吩咐說園內所有樹上結的果子他們都可以當作食物，唯獨知善惡樹上的果子例外，上帝吩咐他們不可吃，因為他們吃的日子必定死。後來夏娃受蛇的哄誘，偷食了知善惡樹上所結的果子，也讓亞當食用，二位人類的祖先遂被上帝逐出伊甸園。（創世紀3：1-24）

奇怪的是，如果上帝全知，祂勢必知道蛇在園內，蛇是惡魔的化身。惡魔不做好事，做好事的就不是惡魔。這種事聖經有記載，想當然爾，上帝也知道。可是祂依然讓惡魔留在伊甸園，引誘夏娃吃禁果，然後再將亞當、夏娃趕出去。這不是很像三流連續劇裡的壞人嗎？

全知卻不善？

如果上帝全善，那祂應該會將惡魔趕出去，不讓祂心愛的人類被騙才對，如果祂知道園子裡有蛇躲著的話。但這麼看來，善良的祂，顯然並不知道。

全善卻無知？

真是糟糕，無論是哪一個，都稱不上是傳說中的上帝吧。

此外，上帝還說了謊，祂說果子吃了會死，所以不能吃。但是兩人吃了後並沒有死，顯然上帝是在說謊，**不全善**。

上帝如果真的全知，至少祂不應該做出這種會讓人遐想或是懷疑他的「怪事」，**不全知**。

最後，全能的人不說謊，因為祂有能力使謊言成真（還記得哆啦A夢的如果電話亭嗎？），**不全能**。

但是，如果結合文章中段提出的「全能」並不是「無所不能」而是「隨心所欲」的論點的話，上帝便可從「全能的人不說謊」的矛盾中解脫。

因此，我們終於可以得出結論了。

如果聖經所說的故事是真的，而且上帝存在，而且一切都要符合邏輯，那麼上帝其實是個「不全知，不全善」，而且會「隨心所欲的說謊和使用能力」的傢伙，並且祂運用能力導致聖經描述錯誤，說祂是「全知全善」。

結論，如果聖經的描述是真的，全能的上帝也是可能存在的，只是祂「不全知，不全善，全能但會說謊」，再比對其他西方傳說和記載，上帝的職業應該是……「惡魔」。

嗯……殘酷的事實往往令人難以接受對吧？不過至少我證明了上帝可能存在（雖然祂應該幹著跟惡魔一樣的事），證明大家不是對著空氣祈禱，教宗和牧師們也不用失業了，哈利路亞……

附帶一提一個有趣的心理學實驗，英國心理學家理查．魏斯曼（Richard Wiseman）曾經跟電視節目《行動世界》（World In Action）設計了一連串的實驗來測試英國人的誠實度。其中有一項實驗是「比較最可信賴者和最不可信賴者」的誠實度：牧師和二手

車商。（註一）

由於當時蓋洛普的民調顯示，五十九％的人認為神職人員是誠實的，而只有五％的人認為汽車業務員是誠實的。為此，研究團隊成立了一家假的飾品公司「誠信」，然後從飾品公司對這兩類人寄出感謝函，感謝他們最近的購物，並且附上十英鎊的退款支票。

儘管收到的人都知道自己並未去過「誠信」消費，但牧師和二手車商都有一半的人將支票兌現了，結果顯示，英國人以為最可信賴的牧師，並沒有比最不可信賴的汽車業務員誠實。

好吧，雖然我們沒辦法設計實驗去驗證上帝誠不誠實，但是作為上帝的僕人「牧師」，似乎並不會因此比較誠實。

這是網路看到的另一則笑話：

有位牧師走在街上，遇到一群男孩圍著一隻小狗，似乎在討論什麼。

牧師問：「你們在做什麼？」

男孩們解釋說他們正在比賽誰最會撒謊，最會撒謊的人就能把小狗狗帶回家。

於是牧師開始訓誡他們不該說謊，訓了十分鐘。

開頭說：「你們不曉得說謊是罪嗎？」

結尾是：「在你們這個年紀我從未說過謊……」

現場鴉雀無聲……。

正當牧師得意之際，年紀最小的男孩突然說：「好吧！把小狗給他。」

註一：美國很流行律師的笑話，大部分都是諷刺律師勢利的行徑，例如：「律師和精子有什麼共同點？」

「他們都同樣只有千萬分之一的機會能變成人類。」

如果這個調查是在美國進行，估計「二手車商」會變成「律師」。

你真的是七年級生嗎？

不是住在台灣的人，可能搞不懂什麼叫七年級生。

簡單來說，就是民國七十到七十九年之間出生的人。

比較傳統的說法，叫做「七十年次」。

民國年分＝西元年減掉一九一一

所以民國七十年＝1911＋70＝西元一九八一年。民國七十九年＝1911＋79＝西元一九九〇年。

也就是說，台灣人說的七年級生，差不多等於大陸地區說的「八〇後」（一九八〇到一九八九）。不過大陸地區的「八〇後」又包含了一胎化所帶來的影響，這又跟台灣七年級生不一樣了。

不過，這不是重點，重點是七年級生因為包含了十年之內出生的人，所以不知不覺又衍伸出一種「七年N班」的說法。

如：民國七十一年出生的就叫做「七年一班」，七十二年次的就叫做「七年二班」這種說法大概已經被叫了有十年了吧，但我就是一直覺得很奇怪。

怪在哪裡？怪在民國七十年出生的人，請問是七年幾班？

「以上，我是古畑任三郎。」（註一）

民國七十年出生的人該怎麼稱呼自己呢？七年零班嗎？

但這並不符合一般常識啊！現實生活中哪有「零班」這種說法，這樣的自稱就完全失去了本來「比喻」的涵義。

話雖如此，但還是很多人如此自稱或稱呼別人。

一般情況下：

我們可以有一班、二班、三班……十班……，也有甲班、乙班、丙班……癸班，也有A班、B班、C班……Z班，**但就是沒有零班！**

原因有很多種可能，也許是因為計算不方便：從零開始到十，明明最後一個班就是十班，總數卻有十一個班，容易混淆。

也許是因為中文唸起來不好聽：零班……靈班，到底是教出殯、火化、撿骨還是畫符收驚？

也許是因為零代表沒有：明明就有，你怎麼說零班呢？

總之，實際情況下並沒有零班這種東西存在。所以把民國七十年出生的人，說是「七年零班」是一種沒考慮到現實情況，錯誤百出的爛說法。

那民國七十年出生的人套用「幾年幾班」這個邏輯的話，應該是什麼呢？

個人認為，應該「**六年十班**」才是合理的說法！

數學上來說，個位數遇到十就進位，所以加上十位數的六，正好就是七十了！

也就是說，如果要符合常理和數學規律，民國七十年出生的人，應該是六年級生，而不是七年級生。

一切的謎底，都解開了。

註一：古畑任三郎（日文：ふるはたにんざぶろう）是日本富士電視台著名的偵探電視劇，每集獨立成篇，片名來自當中主角的名字，中譯又名紳士刑警。「以上，我是古畑任三郎。」這句話，是每一集公佈謎底前，男主角古畑任三郎總是會站在黑暗中，只剩正上方的燈光，彷彿像是舞台劇的聚光燈一樣，照著古佃讓他獨白，獨白完會進廣告，廣告後會公佈他的推理，而他進廣告前的最後一句話永遠是「**以上，我是古佃任三郎**」。

別想太多比較沒壓力嗎？

最近我老是覺得自己很累，就算倒在床上睡覺，睡醒一樣覺得很累。

聽說這個叫做：「壓力太大。」

仔細想想，也許是我對「生活」這件事，看的太過嚴肅了。

不是常常聽到人家說：「要放輕鬆，想太多的話，只會把自己搞得很累喔。」

嗯，這麼說來，我應該是要放輕鬆，說不定我一直覺得「壓力很大」的原因就在於這裡……仔細回想，我對於自己的生活方式，似乎斤斤計較到了一個有點不正常的地步。

例如：

轉彎前，我會思考怎麼樣的角度才是最省力的方式。

回家的路上，我也不斷地思考，到底哪條路才能「最快回到家」。

如果一條路有雙線道以上，我也會去觀察，星期幾的哪個時候，走哪條車道會比較不塞，前方一百公尺之內是否有看起來很沒「上進心」的車輛在擋道，那我是不是應該趁早換道？還是忍一下會更好，因為換了車道也許會更糟。

回家的路上如果我想買晚餐，哪一個地方的東西比較好吃又便宜呢？可是加上油錢和時間，真的會比吃稍微貴一點的晚餐划算嗎？整條路我就是不斷地計算，不斷地思考各種小問題。

對，問題很小，但我就是忍不住要去計算，我總覺得經過思考的作法才是最省時省力，才可以讓我的人生達到一個最有效率的地步。

但說穿了，這其實只是變相的「懶惰」而已。

不過仔細想想，動腦好像更累……考慮到這層原因，不對，我不應該思考的，如果我已經打定主要讓自己輕鬆一點，那我不就應該立刻放棄這種複雜的思考方式嗎？

「沒錯，我一定是想多了，才會這麼累。」接下來，為了過上輕鬆愉快的生活，我打定主意要放空！

接下來，我也懶得分段，懶得思考文章的連貫性了（所以本文從一開始就是毫無秩序的碎念），就這樣什麼也不想的過一天看看吧。

正在開車的我，突然就這麼決定了改變我一直以來的生活方式，我開始漫無目的的亂開，本來應該再過二十分鐘就可以到家，吃一頓免錢的午餐，但這麼想就不對了，我不應該計算時間，也不應該計算金錢，這樣才會沒壓力啊。

接下來，我只做紀錄，不做思考，一定可以把壓力都釋放光光的吧，我這麼想著。

目前壓力值50%

一點半「突然想喝一中街的西瓜汁，好，繞過去。」

一點五十分「因為什麼也沒想的亂繞，反而花了更多時間……心情好像沒有比較好……。」

目前壓力值55%

下午一點五十五分「沒想到今天是禮拜六，人好多，找不到停車位。好不容易找到車位，卻該死的停太遠了……。」

目前壓力值60%

下午兩點十分「因為停太遠，走了好一陣子才到西瓜汁攤位。『老闆，我想買西瓜汁。』我這麼告訴老闆，但是老闆說『季節不對，現在沒西瓜，有芭樂汁和柳丁汁跟木瓜牛奶』，嗯……可是我又不想喝這些，於是我在原地放空……。」

下午兩點十一分「老闆看我站了一分鐘，決定給我個建議『雖然我們沒有西瓜汁，但是有西瓜牛奶』……不是說現在季節不對沒西瓜？難道西瓜牛奶不用西瓜嗎？」

目前壓力值65%

下午兩點十二分「想太多就是壓力的來源，因此我決定什麼也不想。『那就來杯西瓜牛奶吧。』我這麼對老闆說。」

下午兩點十五分「我拿著我的木瓜，啊不是，是西瓜牛奶……看樣子我還沒擺脫西瓜牛奶不需要西瓜的這個陰影。我走到了漫畫店。拿了兩本《魁!!天兵高校》到樓下的沙發上坐著。」

下午兩點十八分「突然想起，我上次來這間漫畫店也是帶著西瓜汁……也不能說是『也』，畢竟這次帶的不是西瓜汁，糟糕，又想太多了，總之我上次拿著飲料到這間漫畫店，只喝了兩口，然後我去換漫畫的時候飲料居然被當垃圾丟了，可是我當時桌上明明放著店裡給我『閱讀證』！

喔，對了，我回來時連閱讀證也被收走了。話說，這個閱讀證的作用到底是什麼啊？」

目前壓力值70％

下午兩點十九分「不能想太多，不然就會有壓力了，什麼都不要想，什麼都不要想……就這麼想著的我，居然就在漫畫店裡睡著了。」

下午兩點?分「我也不知道我睡了多久，總之，我睡醒了就看漫畫，看一看就又莫名其妙的睡著，見鬼了，我真的是在看《魁!!天兵高校》嗎？這不是搞笑漫畫嗎？這裡頭可是有著人數多達五人的四天王啊！算了，別想太多。」

下午五點零五分「不知道怎麼回事，反正我花了將近三個小時來看兩本漫畫。這對一個善於閱讀漫畫的阿宅來說，是一種很大的打擊。」

目前壓力值80％

下午五點十分「我買了一籠湯包打算給奶奶當晚餐。買好剛走了一段路，突然覺得好像會不夠，於是回頭又買一籠，可是老闆告知上一批剛剛賣光，現在要蒸新的，等蒸好還要一陣子。我心想：『如果先想好要買多少，現在就不用等了……』算了，放輕鬆……放輕鬆……」

目前壓力值85％

下午五點十二分「什麼也沒想的走去取車，正好選了一條紅綠燈很多的路，冒青筋……放輕鬆……放輕鬆……」

目前壓力值90％

下午五點二十八分「終於走回到車上，發現停車費居然是看漫畫加上飲料費用的兩倍多，我到底是來幹麼的啊！專程來付停車費給台中市政府的嗎？算了，放輕鬆，什麼都別想……不要想……」

目前壓力值95％

下午五點四十五分「終於回到家，突然發現自己的晚餐沒買！」

目前壓力值100％

到底是哪個混蛋說什麼別想太多比較沒壓力的啊!!

性侵害犯在監獄會被肛肛好嗎？

老實說，在很久以前看過那些「強姦犯被關了又放，放了又再犯」的新聞之後，我就一直對某個都市傳說感到很懷疑，那就是「性侵害犯，進監獄之後『菊花會被強制綻放』一百萬次」

到底這句話是誰說的？

性侵害犯本人嗎？

搞不好根本是他們自己捏造出來的，為的就是使一般民眾相信「只要把性侵害犯關進監獄，不論刑期，他們自然會得到應有的懲罰」這種毫無根據的事。

否則為什麼，「強姦犯被關了又放，放了

又再犯」這種新聞多年來仍然不斷出現？

首先，大家想想，如果你是監獄裡的老大，你會想借用誰的小屁屁來宣洩欲望？

1.面目清秀，長相可愛，容易臉紅的小男生。

2.長相猥褻，下體骯髒，一副染有性病模樣的中年男子。

然後我們再來思考，一般性侵害犯的長相會比較接近……

1.面目清秀，長相可愛，容易臉紅的小男生。

2.長相猥褻，下體骯髒，一副染有性病模樣的中年男子。

如果兩個答案分別為「1」、「2」，

憑什麼我們認為監獄老大的癖好會異於常人？

或者說，憑什麼監獄老大必須委曲求全的幫我們伸張正義？

難道監獄老大入獄的原因是：

1.他其實是，正義感過人兼有心理創傷的蝙蝠俠。

2.他只不過是，Cosplay 本土義賊廖添丁卻意外入獄。
3.他是路人但很想紅，所以不擇手段犧牲色相搏版面。
4.以上皆是。

而且，就算監獄老大的腦子因為不明原因穿孔有毛病，其他人又正好都瘋掉，真的照三餐光顧性侵害犯的老菊花，或是勤勞點，把「光顧老菊花」這種艱苦而又神聖的任務是改為手動，交給刷子什麼的，性侵害犯的再犯率都不應該像現在這麼高，因為他們應該會變成總統夫人才對。

精神病院裡新進來一位病人，他一直堅持說自己是當今的總統。

護士：糟糕！我們早已經有個病人也認為自己是總統。

院長：那好，就把這兩位總統級的安排在同一間房間吧。

護士：可是……

院長：不會有事的啦，就讓他們自己去競爭吧！

果然，剛開始兩天，這個總統套房總是鬧得是雞犬不寧。

可是到第三天竟安靜下來了……

護士們好奇地去探內幕。

護士們：欸……你們不吵架啦？

病人甲：嗯，我現在已經覺悟啦！他才是真正的總統！

護士們：喔？那你呢？

病人甲：我呀？我是總統夫人……

好的，正題結束，以下是題外話。

其實，對付那些再犯的強姦犯，網路笑話「酋長的做法」也許更好也說不定。

有三個人到非洲探險時，不小心偷看到了酋長的女兒在洗澡。

他們被抓到後，酋長問第一個人：「想死，還是想被彈雞雞？」

他理所當然地回答說：「彈雞雞。」

於是被拉下去彈了雞雞五十下，慘叫……。

酋長又問第二個人：「想死，還是想被彈雞雞？」

他猶豫了一下，想說好死不如賴活，也選擇了彈雞雞，於是被拉下去彈雞雞一百下，並且發出極其刺耳恐怖的慘叫。等到被拖回來時已經奄奄一息，而且雞雞好像已經完全廢了。

又問第三個人：「想死，還是想被彈雞雞？」

他猶豫半天，看看前面兩個同伴如此痛苦，而且東西也壞了，覺得選死也許會出現奇蹟，起碼沒有那麼痛苦。

所以他壯烈的回答說：「死！」

於是酋長說：

「拉下去，彈雞雞彈到死！」

關於性侵害犯，這邊倒是有一則「性侵害犯入獄後企圖性侵獄友」的新聞。也許可以拿來告誡其他人，沒事不要犯法，不然要是住進監獄，那邊可是有很多飢渴的性侵害犯人等著幫你開啟禁忌花園的。

嫌犯謝志明（三十二歲，新竹縣人），曾因妨害性自主等案入獄，今年二月十二日再因毒品案進台北監獄和一舍服刑，被害人（二十九歲）兩天後進入同舍房，由於當時僅兩人同住，謝嫌見有機可趁，同月二十三日騷擾獄友，先趁對方趴在床舖看書時，不斷以手撫摸其臀部及大腿等私處，被害人用棉被包住身體，並辱罵變態。

謝志明不顧被害人反抗，仍強行脫下其內褲，以手指或原子筆插入被害人肛門，並趁其蹲廁所時，一直用手指挖被害人的肛門，前後約兩個小時。

直到台北監獄值日人員巡房時，發現謝某放著自己舖位不睡，還緊貼著被害人背部，用手伸入被害人棉被猥褻，主動揭發並調查。

案經被害人訴請台北監獄函轉至彰化地檢署偵辦，謝志明目前另案在彰化監獄服刑，庭訊時否認犯行，辯稱他和被害人在玩，還質疑被害人並沒有呼救或要求驗傷；

管理員調閱監視畫面，確認謝某多次摳挖被害人的屁眼。

但被害人指出：對方用手指或原子筆插進他的肛門，前後約十次，他痛得大叫，也不斷將謝推開又喝斥，但管理員未立即到場，且在獄中也無法主動要求驗傷，還好管理員當晚就發現並制止，否則不知還要被凌辱多久。

所以說，合理處置高再犯率的性侵害犯的方法，不應該建立在期待他們進監獄之後會被肛肛好，然後改過自新好好重新做人。

我們重新來看待現實吧：

1. 監獄裡面的受刑人大部分是正常人，他們喜歡女人，或是退而求其次——長得像女人的男人，而不是更可能一副體毛旺盛，神色猥褻，長得就像變態的性侵害犯。

2. 性侵害犯再犯率高，比一般人有著更旺盛的性慾，自制力低落，在本能凌駕理性的情況下，通常不太挑食。

因此，我們綜合以上兩點，得出改善治安的理想方案為：

1. 讓再犯率高的性侵害犯在牢裡蹲久一點，直到他們能控制自己的性慾為止。

2. 將性侵害犯集中關在一起，隨便他們胡搞，讓他們知道肥水不落外人田，啊不是，是「己所不欲，勿施於人」的道理。

3. 廢除懲戒室，單人房之類的設施，節省監獄開銷以及讓其他牢房有更大的空間，改善監獄環境。

4. 告訴所有受刑人：「如果不乖，從今以後因為沒有單人房了，所以改進入『性侵害犯的集中房』（簡稱『大哥哥房』）喔……^_^」

5. 在電視上宣傳：「如果犯罪進監獄的話，各式各樣奇形怪狀、枝繁葉茂、肥美多汁的性侵害犯（另稱：愛的大哥哥）在等你喔……（心）」

6. 犯罪所得或是造成的損失，金額超過新台幣一千萬元者，直接進「大哥哥房」一年，超過一千萬者，金額每增加一百萬，滯留「大哥哥房」的時間增加一個月。

7.殺人被判死刑定讞者，直到死刑執行為止都要住在「大哥哥房」，感受人世間的愛與溫暖。附註：歡迎人權團體及廢死聯盟拖延死刑執行日期。

相信台灣的犯罪率絕對可以降到有史以來最低點，各種犯罪的再犯率也可以逼近零，若是人權團體質疑效果，也可以讓他們親自去「大哥哥房」體驗校正效果，相信說服力一定很大。

浪漫傳說之牛郎織女

某日，因為自己肚子的肉已經日漸增加到不能無視的地步，於是帶著老婆到游泳池去游泳。一進更衣室，想說隨便找間最近的換上泳褲就好了，哪知道，門一拉，拉了一點就又「彈」回去了！

不開玩笑，真的是用彈的。我嚇了一大跳。

「就算是鎖上的也應該是『喀』一聲打到卡榫的聲音啊，怎麼會是用彈的？」我又確認了一次，門鎖上的標示是綠的沒錯啊，紅色才是上鎖的吧。

想說也不可能白日鬧鬼，應該是門鎖壞

了，正想走去下一間的時候，門開了，而且門是那種發出鬼屋一般「嗚……噫……」的聲音自己打開的。

「靠！」我內心驚嚇了一下，雙腿下意識的往後一跳。待我就防禦位置之後，想說探頭看看有什麼東西，沒想到裡面出來的……居然是個女的！

「欸！欸？欸！欸？欸！」我一邊發出「欸」的聲音，一邊往後退，「又驚又喜」大概就是我現在的心情寫照吧。

驚的是：我記得自己明明有確認過啊，怎麼會走進女更衣室了？

喜的是：我怎麼可能這麼幸運？啊不是，是怎麼會這麼迷糊呢……

我趕忙左右看看。

「沒錯啊，都是男的啊。」我確認過環境之後，腳卻還是不住的後退。因為剛剛從鬼門（發出鬼屋聲響的門）出來的那位女性，正用著極其怨毒的眼神瞪著我，而且一步步向我逼近！

結果我很孬的跑出更衣室，又再確認了一次。

「的確是男子更衣室沒錯啊……」我仰頭看著上方的標示。

「到底是怎麼回事啊？」我完全摸不著頭緒的一邊想著，一邊往回走。可是等我回到原處，那位女性已經消失無蹤了。

後來我仔細想想，她用這麼怨毒的眼神看著我，應該只有以下幾種可能。

1. 怪「玉樹臨風，貌似潘安」的我沒有用力把門拉開？

2. 打賭輸了，不知名女性願賭服輸，到男子更衣室換泳衣？

3. 打賭輸了，而且還賭很大，某男到更衣室打開裝衣服的袋子，發現裡面只有女性泳裝一套和假髮一頂……。

嗯？什麼？這跟標題的「浪漫傳說之牛郎織女」有什麼關係？

那是因為那天故事還沒說完啊，請接著往下看。

後來，同一天發生了第二件事。

我看到了一位婦人在教小孩游泳，這沒什麼。
她自己明明游仰式，卻教小孩自由式，這也沒什麼。
可是她明明游仰式，卻是「腳朝前方」前進的！
而且她不是亂飄，也不是躺在浮版上，是真的腳朝前方，光用手撥水，就這樣游了水道兩趟！**完全就是逆天而行啊！強者啊！**
我從旁邊看，還以為是順流而下的浮屍，差點就去叫救生員了。
這時我想到，聽說有種職業是假裝被車撞，倒在路邊等人救，如果有人下車，同夥就從旁邊把車偷開走。我真的很懷疑，那位婦人的職業，是不是專門在河裡假裝浮屍，等人家來救，再偷走……別人脫下的衣服！
咦？這不就是「牛郎織女」的故事嗎？
傳說中，牛郎聽信家中老牛（果然是畜生）的建議，去偷藏起正在洗澡的仙女們的一件羽衣，後來沒有羽衣回不了天庭的織女，只得跟牛郎結婚生子。這是一個集

「尾行（跟蹤）」、「偷窺」、「偷竊」、「脅迫」、「強制中出」於一身，絕對寓教於樂的中國民間故事。

聽說警察局拜關公，情色場所拜豬八戒，有沒有「癡漢拜牛郎」的八卦啊？

補充說明：

網友「Reker」在我的 Blog 提到：

這是急流游泳的方法……

頭在上游，腳在下游……

在急流游泳，頭在下游的話，會撞到石頭的，很危險。

聽起來也十分合理，台灣果然有很多隱藏的高人啊。

浪漫傳說之萬獸之王

相傳，萬獸之王之所以是萬獸之王，並不是因為牠毛很多，很大隻，更不是因為非洲部落傳說牠的鬃毛具有魔力，可以使掉落的頭髮再長回來，而是因為據說牠們有著一套代代相傳，嚴謹的王者訓練及篩選系統。

據說，公獅子會將親生的小獅子推落山谷，讓小獅子歷盡磨練，只有能從山谷裡活著爬上來的才是下一代王者中的王者，唯一的萬獸之王！

這是個非常浪漫的傳說，在無數的熱血漫畫中被引用，每當主角的雙親或是周遭朋友陷主角於不義時，其背後總是會顯現「**獅王站在**

懸崖上的悲壯畫面」，以代表他們內心的煎熬，以及對主角的期許。

舉例來說，在名作《亂馬½》中，亂馬他老爸，當年將小亂馬渾身綁滿貓食推落飢餓的貓群中特訓，不也就是為了練成傳說中天下無敵的貓拳嗎！嗯……雖然後來有點小小失誤，但當時他老爸的內心也是跟獅王一樣掙扎啊！

但在這個浪漫的傳說之下，我們用生物學的角度來看，可以發現一個奇怪的地方，就是：獅子，是住在草原的一種群居動物，雖然我們不能篤定的說：「草原上哪來的懸崖啊？」但我們至少可以說：「根據生物學家的觀察，公獅子很懶，懶到一天要睡二十小時左右。所以，要在廣大的非洲草原上尋找一個不知道在哪裡的懸崖，應該超出公獅子用來活動的四個小時極限了。」

因此，根據上述理由推斷，「公獅子會將親生的小獅子推落山谷，以鍛鍊出下一代的萬獸之王」這個浪漫的傳說，應該是假的。至少，每隻都這麼做是不可能的。

等等，故事到此結束可以嗎？浪漫可以就這樣結束嗎？

更重要的是篇幅太短了啊！

所以為了把篇幅湊足，我們來把事情弄得複雜點吧。

不如，我們假設：「不知道為什麼，獅子就是可以找到懸崖。」

在這個前提下來討論感覺就安心多了，畢竟維持夢想也是作家應盡的職責啊。有句名言說：「生命總會自己找到出路。」既然如此，幫所有獅子找到可以推孩子下去的懸崖，似乎也不算什麼奇怪的設定。

好的，我們重新開始。

由於獅子是一種總是能在有限的時間中找到懸崖的偉大生物，為了將這種血統傳承下去，他們代代都會將小獅子們推落懸崖，只有能活著回來的，才是「萬獸之王」稱號的繼承者。（熱血背景音樂）

不過如果我們試著去了解獅子這種喜歡懸崖的神奇生物，我們會發現，公獅子是一夫多妻制，而且幾乎不去狩獵。

因為公獅的狩獵功夫很差，所以狩獵行為幾乎都由母獅負責，公獅負責吃就好了。

再加上公獅一天要睡二十小時，所以牠幾乎可以說是「好吃懶做」和「吃軟飯」的代名詞。

很像小白臉不是嗎？

這麼說來，獅子臉上那一大圈鬃毛和身上的肌肉，就是純屬把妹用的？和都市的人類一樣嗎？這倒也不盡然，因為事實上，小獅子和母獅常常會面臨其他威脅，這時候，平日好吃懶做的公獅子就可以發揮作用啦。

養兵千日，用在一時。

也許有人會懷疑，大草原上的獅子會有什麼天敵啊？

不是號稱萬獸之王嗎？那牠們還要怕什麼動物？

是的，您問到重點了。

事實上，小獅子和母獅們最大的威脅之一，就是其他的「公獅子」。

一隻公獅，會跑進另一個有母獅和小獅的群體，牠會企圖打倒群體中的公獅，如果牠成功了，那麼牠就會把原本那隻公獅的家族接收，接下來牠會強姦原本那隻公獅的妻妾，然後咬死原本那隻公獅所生的小獅子！

也就是說，公獅子存在的目的，事實上就是解決牠們自己製造的麻煩！

與其說公獅子是好吃懶做的小白臉，還不如說，牠們是強住進別人家的流氓。流氓唯一的作用，就是趕走其他流氓。而打來打去，倒楣的還是其他人……，就算沒在打，平日淫人妻女，白吃白喝收保護費還是一定要的啦。

所以說，如果照獅子的習性看來，就算牠們真的能找到懸崖，就算牠們真的會把小獅子推下去，牠們推的……也一定是別人家的小獅子！

這就是浪漫傳說的真相。

好吧，至少在「陷害（殺害）小獅子」這點上，傳說算是說對了。所以亂馬他老爸並不算是做錯了。

高科技迷信

為什麼標題是「高科技迷信」，而不是「迷信高科技」呢？因為「離子、能量、正負電、奈米、磁場、鈦、鍺、水晶、鹼性、遠紅外線」這些東西學校都有教，對現今的世界來說甚至已經稱不上高科技，只是業者將這些東西偽裝成令人無法理解的「假高科技」，說穿了，是另一種「迷信」罷了。

以前人迷信水晶、玉石，甚至將重金屬化合物（註一）當仙丹吞，結果真的提早成仙。更近代一點的則改為喝輻射水（註二），結果頭骨溶化。現代人雖然把自己吃死的例子比較少了（註三），但花在高科技迷信上的金錢依然不少。

以不少人配戴的「鈦手環」來說，以下是在網路上找到的：

人的身體中有微弱的電流在流動著。從腦到全身、從全身到腦的資訊傳達全是靠電流的流動。如果一個人無煩惱、無疼痛，為完全健康者時，其身體電流是有秩序的在身體內流動著。但是，事實上，完全健康者是極為少見的，尤其以現代人來說，長期處在內在之壓力及電腦等電氣產品所發出電磁波之外在因素的衝擊下，身體電流事實上大多已發生混亂狀態。其結果常導致疲勞、肌肉僵硬、酸痛等各種症狀或毛病。

若能整理混亂的身體電流並安定電流使其有秩序性的在身體內流動，不但肌肉會柔軟，連血液循環也會變佳，進而使毛細血管擴張，並促進新陳代謝，身體的動作因此順暢。

鈦具有特殊的電流特性，對人體會產生有益的生理作用且其化學性安定，不會發生經時性的變化或變質。鈦對人體有益，且相當安全，非常適合身體。鈦製品由於會安定身體電流，舒緩肌肉緊繃狀態，因此，精神會得到鬆解、肌肉也會逐漸放鬆，並可提高運動機能。

液化鈦手環的功效：

可紓緩手部疼痛及疲勞，加強手腕及手臂肌肉的靈活性。預防手腕關節綜合症，如長期使用滑鼠、打高球、網球等。

運動時、比賽時使佩戴可以增強運動機能，獲得好成績。

液化鈦項圈的功效：

重新調整及排列人體因外在環境因素影響而變得紊亂的生物電流，有助加強體內血液循環，鬆弛身體重要部位神經，使肌肉放鬆，舒緩身心。

增強人體能量的傳遞，提高體力、耐力及精神集中力。

由於血液乳酸的積聚是產生疲勞的主要原因，佩戴液化鈦項圈可分解積聚的乳酸，從而消除疲勞，加強運動能力。

據說這是日本廠商開發，在日本大熱銷之後，台灣商人才代理進來的。但是真的有效嗎？往往廣告商們只是給大眾看到（體育）明星身上有戴的照片，加上購物頻道主持人用一堆唬死人不償命的「**專業術語**」對著觀眾狂轟亂炸，就讓許多人以為這是新世紀、新科技的保健聖品。

但這能代表什麼嗎？有沒有可能只是付錢拜託某些人把鍊子往身上戴讓人拍照而已呢？被拍照的人既有錢拿又不用負任何法律責任，何樂而不為呢？

我一直很疑惑，如果真的有療效，醫院不是應該推薦病人使用嗎？或是把這些手鍊什麼的掛滿病人全身，然後把相對來說貴死人的復健師全部開除節省開支。

或是學校跟教練，強制規定自己的學生和選手配戴，以達到「加強體內血液循環，鬆弛身體重要部位神經，使肌肉放鬆，舒緩身心提高體力、耐力及精神集中力。」等超神奇的效果。甚至體委會也應該編列國家預算來購買這些可以提高運動員能力的神奇商品，才稱得上是大力發展體育項目啊！可是並沒有。

於是我上網打入「鈦」，想尋找相關資料，沒想到看到一堆商品，例如電氣鈦項圈、金屬鈦手鍊、鈦晶、鈦磁石、鈦乳液、鈦貼布、液化鈦、碳化鈦、（鈦）離子元氣霜等等，當中有號稱來自日本的，也有台灣自製的，效果更是各有各的神奇。

這麼神奇的東西，原料應該很難取得吧？

但其實鈦是地球上很普遍的元素之一，鈦在地殼中的含量為〇．六％，佔第九位。鈦廣泛存在於許多岩石中，特別是砂石和黏土中。石油、煤炭、天然水、植物、動物機體和骨骼、火山灰燼、深海污泥以及隕石中也都含鈦。

再讓我們查查有哪些東西是鈦做的：

鈦具有密度小、耐高溫、耐腐蝕等特性，鈦合金強度高，大量用於製造軍用超音速飛機的結構部件，噴氣發動機的壓縮部件，飛機機架的構件、機殼、隔火牆、鉚釘，空運裝備的結構部件，軍事設施和軍事艦艇的裝甲板、上層結構部件、熱交換管、開關，以及螺旋槳的葉片等。在民用工業中，鈦及其合金可用於製造各種泵、閥門、過濾設備的金屬絲網和各種機器零件。粉末狀鈦可在電子管製造工藝中用作除氧劑。

可以發現鈦製品其實還蠻常見的，不只許多工廠都有一堆，就連天空飛的飛機，結構上也有很多是鈦作的，這麼說來，機長和空中小姐應該都不會疲勞，體力一級棒吧（奇怪，聽起來有點A……）。被這麼巨大的鈦所環繞，就算是去搭個飛機，也應該要越搭越放鬆，越搭越愉快吧，但實際上呢？

搭過飛機的都知道，越是長程越痛苦，搭到最後簡直想要去掐機長的脖子叫他快點降落。如果搭飛機不是這麼痛苦，為什麼有錢人還要花錢換大位子的商務艙呢？坐經濟艙享受密度更高的鈦磁場能量不是更好嗎？

而且如果鈦真的具有廠商所宣稱的效果：

「鈦製品由於會安定身體電流，舒緩肌肉緊繃狀態，因此，精神會得到鬆解、肌肉也會逐漸放鬆，並可提高運動機能。」

那麼，戴上鈦鏡框的人至少要能夠舒緩因為緊張或壓力所造成的頭痛才對，但這種讓止痛藥大廠賺到翻掉的廣大市場（據《中國中醫藥報》的報導，全球止痛藥市場總銷售額估計在四百億到四百五十億美元），卻沒被鏡框生產商搶走，這又是為什麼呢？

可能有賣家會告訴你：「其實廠商所說的鈦，並不是金屬的鈦，而是水晶的鈦，是一種叫做「鈦晶」的很高等級的水晶，具有×××的效果（大概會跟你說一堆「磁場」、「能量」的關鍵字），廠商使用特殊技術將他微粒化（其實就是磨碎，不過唬一點的，可能會扯出「奈米」、「微分子」、「離子」），再以高科技的方式液化後，把液化鈦跟手環混在一起，所以他們商品不能碰水不能洗。（或是另一款更貴的可以洗，建議你一次買兩條，洗的時候可以交換穿戴。）」

不過很可惜的是，鈦晶的內含物是金紅石（跟黃鐵礦一樣是俗稱的愚人金），而金紅石的內含物為不純的二氧化鈦，主要被用來提煉純二氧化鈦（化學成分為 TiO_2），那二氧化鈦又是什麼？其實就是白色顏料的主要成份……。

所以以科學角度分析「液態鈦手環」的原料：

鈦晶↓金紅石↓二氧化鈦↓白色顏料

再用科學角度合理推斷製作過程

白色顏料（二氧化鈦）＋加水（液體）＝液化鈦

因此液化鈦手環之所以不能水洗，很可能是因為白色顏料會溶於水……會掉色。

再說一個讓人更沮喪的事實，液化鈦手環在日本是有賣沒錯，不過多數在百元店可以買到，一個只要一百日元。

當然，還是有人會說，這些產品都是「心誠則靈」，而且花點錢嘗試看看有什麼關係，搞不好有效。但這麼一來，豈不跟喝符水、點光明燈一樣？錢多沒地方花的話，拿去玩一玩、大吃一頓紓解壓力也許是個更好的選擇。

補充一個八卦，在查資料的過程中（二〇一〇年十一月為止），我發現中文wiki關於「鈦」的條目，已經被業者改寫了，加入了許多關於「鈦博士」的廣告，但其實在數年前，鈦生公司便因「Dr. Titan 鈦博士」商品廣告不實被行政院公平交易委員會罰款五萬元。所幸，本書出版前我又查了一次資料（二〇一一年一月），這部份的內容已經被移除了。

註一：中國古代有許多仙丹，許多文人和皇帝都喜歡服用，但所謂的仙丹，其中成分絕大多數都是劇毒的重金屬化合物，含有水銀、硫磺、鉛等成分。

東晉葛洪在《抱朴子》一書中介紹了煉丹的過程──「丹砂燒之成水銀，積變又還成丹砂。」而丹砂的化學成分是硫化汞，加熱後它分解出汞，即水銀，冷卻後，水銀和硫磺蒸汽又相化合，再生成硫化汞。

清雍正也喜好服用仙丹，他在做皇子時，曾寫過一首叫《燒丹》的詩：「鉛砂和藥物，松柏繞雲壇。爐運陰陽火，功兼內外丹。光芒沖斗耀，靈異衛龍蟠。自覺仙胎熟，天符降紫鸞。」

註二：埃本・麥克伯尼・拜爾斯（Eben McBurney Byers，一八八〇年四月十二日—一九三二年三月三十一日）是一位富有的美國社會名流，運動員，和實業家。拜爾斯相信鐳鉒製劑能明顯改善他的健康，於是他開始大量服用。他一共服用了將近一千四百瓶的鐳鉒製劑，在服用過程中，他接受到高達三倍於急性致死劑量的輻射。在一九三〇年時，當拜爾斯終於停止服用他所深信的仙丹妙藥，但此時他的骨頭已經累積大量的鐳，導致拜爾斯的下顎骨幾乎完全溶解消失，腦部也出現一個化膿潰瘍，甚至在他的頭骨出現一個洞。拜爾斯在一九三二年三月三十一日死於鐳中毒，遺體以鉛襯的棺材埋葬於賓州匹茲堡。

註三：吃死的少，吃到快死的倒是不少，台灣是洗腎病患佔總人口比率（盛行率）與每年新增加洗腎病患比率（發生率）的雙料世界冠軍。

傳說只是傳說嗎？

有很多事情，我們聽別人講就以為也許存在，很可能存在，甚至肯定存在，於是我們不但相信，甚至告訴親朋好友或是到處用 EMAIL 轉寄，號召大家一起來響應某件事，其中最具代表性的當數「都市傳說」。

早年多數人生活的環境還在比較鄉下的環境的時候，也是有許多的傳說，但是很明顯的，這些傳說的發生背景多在山野之間，最有名的就數「虎姑婆」了吧。印象中，小時候還被我媽拿這個故事恐嚇了好幾次，但進了幼稚園，這個故事反而變成我們學習成果展的表演項目，而且表演型態還是很歡樂的「帶動唱」，當時所有小朋友不分男女都被打上腮紅，塗上口紅，頭髮綁成沖天炮，左搖右晃的跟著音樂「虎姑婆之歌」蹦蹦跳跳……老實說我到現在還是搞不懂，編舞的人的想像力究竟是高深到了一個什麼樣的境界，才會把一個帶有警世意味，號稱可以把哭鬧小童嚇到閉嘴的「虎姑婆」搞成這樣，我總覺得虎姑婆在天之靈會很想哭。

儘管上面的例子聽起來比較像鬼故事，但早期的傳說，大多是鄉野傳奇居多，又或者說是「民間故事」，發展到後期就是「都市傳說」了。**歸納起來，傳說發生地點必須鄰近生活環境，讓大家覺得好像隨時有可能發生在你我身上，因而口耳相傳，這就是成功的都市傳說形成的第一要素**。

這類型的都市傳說有許多，大多以怪物或是鬼怪之類的傳說流傳，以台灣來說，大概就是某某鬼屋如何如何，某某隧道如何如何，日本的話，就是裂嘴女出現在某某街、人面犬又開始走來走去、校園七不可思議更新第N版之類的，而人死得多的地方，傳說就更多了，例如醫院設有停屍間，所以一定會有醫院怪談，軍隊常常蓋在便宜的亂葬崗上面，所以軍中鬼故事也是不可少的。

自古以來，鬼怪幽靈就是傳說的最佳伴侶，這類型的傳說實在太多了，所以這次的文章我們就暫時跳過這部分不討論，不然整篇文章大概就會變成「人氣鬼故事二十連發」之類的，這樣就太無趣了。

除了鬼怪之外，還是有許多有趣的傳說可以拿出來討論，我們可以發現，隨著時代的進步，傳說開始跟科技扯上關係，例如「拍照的話，靈魂會被吸進照片裡」這種現在聽起來很可笑的傳說，但當時卻廣為流傳，而都市傳說也往往就是由這種事後聽起來會覺得很可笑的東西所構築而成。

乍聽之下，「傳說」和「科學」是相反的兩極，但事情有趣的地方就在這裡，正因為科學的東西讓人感覺應該會出現在教科書當中，而不是故事書裡，所以許多成功的傳說，都喜歡利用這點，這也是一般人的盲點。

舉例來說，鹽巴可以使細菌脫水死亡，所以醃製品不容易腐敗，因而衍生出來的

「小常識」就有「燙傷要抹醬油和鹽巴」，「用鹽巴刷牙可以防止蛀牙」，「用鹽巴洗臉可以治療青春痘或是其他皮膚病」這種毫無根據的傳言。如果真的照這些「傳說」來做的話，反而會因為鹽分導致本來就大量脫水的燙傷傷口更加惡化，而鹽巴拿來刷牙或抹在皮膚上的話，也會因為鹽巴的堅固晶體結構導致牙齒的琺瑯質和皮膚外層受損，反而更容易被細菌感染而導致蛀牙和皮膚病惡化。對了，還有最經典的「黑松沙士加鹽可治感冒」，想出這個的真是天才，至今我還是想不出它的邏輯性在哪裡。這個配方也許可以緩解脫水症狀，但實際上……喝鹽水就行了，不用加沙士。

覺得相信的人很蠢嗎？再看看下個例子吧。

某本暢銷美容書中提到：

還有一個原則本大王很堅持，就是黑色的食物我統統不吃，像是醬油、黑醋、咖啡等等，除非我必須要消腫，才會喝黑咖啡！

我以十幾年的美白經驗告訴大家，要美白就要多吃下面的這些食物：維他命C、杏仁、牛奶、豆漿和珍珠粉！

這種毫無根據的黑白食物色素論，應該大家都很耳熟，而且周圍有不少愛美人士在身體力行吧？但如果喝咖啡會變黑，喝牛奶會變白，那吃素的人豈不都會變成綠巨人？印地安人也一定是因為番茄吃太多皮膚才變紅，咱們黃種人也肯定是因為吃屎……我是說吃玉米，吃太多才變黃的。

乍聽之下相當愚蠢的結論，卻似乎沒被某些人想到過，而對美容書上所寫的那兩段話深信不疑。**這種似是而非的科學論調，就是成功的都市傳說的第二要素。**

成功的都市傳說的第三要素，就是加上強者元素，例如「我朋友」、「我同事」、「我朋友的同事」、「我同事的朋友」、「我朋友的同事的女友家的吉娃娃有一次出門進行每月慣例的尋找自我之心靈潔淨旅行時所遇到的路人甲他媽媽聽隔壁二嬸說……」。

經典案例如下：

某強者（請套用上方強者元素）的老婆（女友、女性朋友……嗯，我不知道為什麼都是女的，大概是性別歧視，對，他們歧視男性，認為罪犯都是男的！）到泰國（上海、廣東、巴黎……任何可能有黑社會的城市，不過最好同時是大家耳熟能詳的觀光勝地。）旅遊（蜜月……任何感覺放鬆的活動），中途去試衣服（上廁所……任何必須在密室進行一小段時間的活動），結果就消失了。（這邊不用解釋密室消失手法和原因，反正也沒人會追究。）

男主角很緊張，找了很久（可以是幾週或是簽證到期為止，必須夠久但又不能太久，才夠真實），結果找不到。（一定要找不到！這很重要！）

然後過了很久（必須夠久，至少要比上面久），心灰意冷的男主角，突然又想去找，結果這次運氣超級好，只找了幾天突然覺得很累，突然看到路邊有神秘小屋，突然想進去參觀，突然就看到自己要尋找的人就在裡面！（……雖然事發突然，但是，管他的，Who cares？）可是已經面目全非。（重點來了，這時請發揮個人的想像力和修辭功力，把眼前的女人描寫得要多慘有多慘，如果還不夠就把她全身毛拔光，再插上其他動物的毛或羽毛，說她被扮成其他生物，白文鳥或是皮卡丘之類的，然後說她只會發出怪聲，已經瘋了。）

最後一段是重點，只要能寫到讀者覺得噁心看不下去您就成功一大半了，這樣他們就不會去追究細節上的不合理，然後他們會瘋狂轉寄轉貼，直到有一天您的創作又被寄回您的信箱，恭喜，您成功了！

成功的都市傳說的第四要素，就是使用真實存在，但一般人碰不到的人當主角。

經典案例就是網路上流傳已久，Oracle（甲骨文）的 CEO Larry Ellison 於西元二千年在耶魯大學的畢業典禮上所發表的一篇演講，內容摘要是：

「畢業生們，看看你的左右，你左右的人都將會是失敗者，而夾在中間的那位，就是你，也會是個失敗者。你們失望嗎？我告訴你們為什麼，因為我，這個行星上第二富有的人，是個退學生，而你不是。因為比爾．蓋茨，這個行星上最富有的人也是個退學生，而你不是。因為艾倫，這個行星上第三富有的人，也退了學，而你沒有。事實上，我是寄望那些還沒畢業的同學。我要對他們說，離開這裡，帶著你的點子退學吧，現在就開始行動。我要告訴你，一頂帽子一套學士服必然要讓你淪落……就像這些保安馬上要把我從這個講台上攆走一樣必然……（此時，Larry Ellison 被帶離了講台）」

這個都市傳說成功到什麼地步呢？成功到，到現在都還有很多人信以為真，或是不斷詢問真假，成功到維基百科上要特別註明這段演講是虛構的。這段虛構的演講我至少看過英文版和中文版兩個版本，而且我不確定還有沒有其他語言的版本。

至於成功的都市傳說的第五要素，就是運氣加上無知的傳媒了。

網路上有許多惡搞，原作者並沒有打算製造傳說或是謠言，甚至寫得很假，但就有新聞媒體未經查證就開始大肆宣傳，結果許多人也沒有思考就信以為真了。例如曾經上過新聞的，「台灣小朋友寄火星文電子郵件給王建民，結果最後驚動 FBI，派了一堆解碼專家才終於破譯。」事件，還有「南韓宣稱王建民是韓國人的後裔」事件，本來都只是純粹的網路惡搞，但正好搭上王建民風，加上新聞媒體足夠愚蠢，就這麼弄假成真了。

不要以為這種新聞媒體弄假成真的事件只有台灣有，美國的「瓶中貓」事件也相當有名（註一），最後不但引起世界性連署，甚至連 FBI 都介入調查，結果起因只是麻省理工學院研究生的惡作劇，但新聞媒體卻當真了。

即使最後真相大白，照片只是利用視覺差異，照片中的貓根本可以自由進出瓶子，仍有「動物保護團體」認為此網站宣傳虐待動物，對其窮追猛打，而華人世界傳到最後，居然變成是日本人虐貓，中國那邊的版本甚至加上了日軍侵華的回憶錄，文末則以大肆譴責日本人沒有人性云云結尾。但諷刺的是，當時惡作劇的學生之一，受訪時（註二）所用的假名是中國姓氏……張博士（Dr. Michael Wong Chang）。

然而，這種被傳媒大肆渲染的傳說，以上雖然已經稱得上經典之作，但還有更為巧妙和天才的作品，那就是關於「男人一生只能射出 X 個寶特瓶的量，用完就沒了」的傳說，我第一次聽到這個說法是在一部香港電影中（片名我忘了），而至今為止，光是google前三頁可以看到的版本就有「一瓶」、「兩瓶」、「三瓶」、「四瓶」、「七瓶半」、「十瓶」等說法。

但真實情況呢？每公克睪丸組織每秒約可產生五百個精子，若以一個健康成年男性來說，每天約可產生二至三億個精子，以正常精液每毫升含兩千萬個以上精子計算，每天約可生產十毫升精液，以平均每次射精正常約三至五毫升精液量計算……該死，傳說沒提到是用多大的寶特瓶計算啊！

無論如何，這個毫無邏輯性的超簡短傳說應可被輕易破解，但直到今天，綜藝節目中還不時會出現這個說法，現實中也常有人在煩惱自己會提前用光……這樣好了，如果讀者身邊那位清純漂亮可愛的女伴很想要，但尊貴的讀者您，又煩惱會提前用完的話，請CALL編輯部轉告我，我可以犧牲自己的時間和體力，幫大家做做讀者服務。沒辦法，誰叫我是個「看到人家有困難，就會忍不住伸出援手」的急公好義之人呢。（遠目）

再回到一開始的「拍照的話，靈魂會被吸進照片裡」這則都市傳說中，當年也許很少人看過相機，但問題在於「如果拍照就能吸人靈魂」，那相機不該是一般性商品，而應該是毀天滅地的超級武器啊！一張團體照就能解決一支部隊，連拍模式更是不知道有多威，這種情況下，發明相機的人應該去統一世界，而不是把這種神器賣給別人玩自拍。

但是，所謂的都市傳說都只是些惡搞或是鬼故事嗎？不，其實有許多的都市傳說也牽涉到了商業行為和學術研究，而且精彩程度和影響程度更甚於以上所介紹的。

例如：一九五七年九月，市場研究人員詹姆斯．維克利（James Vicary）宣佈了一個驚人的實驗成果，證明潛意識對購買行為有很大的影響。他讓紐澤西人到戲院看電影時，以每三千分之一秒的速度在螢幕上打上「喝可樂」和「吃爆米花」的訊息。雖然觀眾沒注意到那些訊息，但可樂和爆米花的銷售量分別多了十八％和五十八％。

這個消息一傳開，所有人都為之瘋狂，但實際上，因為這個結論實在太有吸引力了，所以不少學者也做過相關研究和實驗，可是最終並無法重現維克利所宣稱的效果。

直到一九六二年維克利接受《廣告時代》（Advertising Age）雜誌的專訪，他解釋他的潛意識及購買行為研究太早被媒體揭露，其實他當時只蒐集了申請專利所需的最少資料量而已，並坦承自己的調查結果太少，不具有意義。所以大眾所爭論的是虛構的故事，並不是事實。並在訪問最後補充道：「我想……我唯一做到的是把新詞彙加入一般用語中……我盡量不再去想這件事。」

直到今天，還有不少書籍會寫到這個例子，企圖以此證明潛意識對人類行為影響有多巨大，並趁機推出商品，例如在商品外包裝印上性暗示的字眼或是圖案以企圖增加銷售額，販賣潛意識學習錄音帶（CD），潛意識增強自信錄音帶（CD），或是利用潛意識來開發潛能的錄音帶或CD。

看看下面這則潛意識CD廣告：

某些病患不藥而癒，一向沒有財運的人突然財源廣進，運動選手奇蹟似的締造新紀錄，一直不受到重視的人突然得寵，化危機為轉機的事業，遇到生命中的貴人……

都是實踐潛意識法則的具體成果。

事實上，人類的確會受到外在因素而影響自身行為卻不自知，但這並不是因為這些聽不見或是注意不到的聲音和訊息，而是其他更加明顯的資訊，至於「高速廣告可以利用潛意識改變購買行為」或是「聽不見內容的潛意識CD」，大家就當作是有趣的都市傳說吧，聽聽就好了。

註一：某網站（www.bonsaikitten.com）宣稱讓貓吃軟化骨頭的藥，然後把貓養在玻璃瓶中，最後貓可以變成瓶子的形狀，大小便則是通過軟管排出。他們宣稱出售瓶中貓，但是卻沒有受款人和價格以及任何付款方式的訊息。

註二：「Bonsai Kitten site brings animal-rights roar」（2003-2-8）http://www.usatoday.com/tech/news/2001-02-20-ebrief.htm

3 你所不知道的危機

我們所面臨的最大危機，
就是我們通常都不知道危機在哪裡。

溝通的危機

我就是在熟人的介紹下來到眼前這家美容院剪頭髮，不過才剛走進美容院，整間店不尋常的氣氛馬上讓我察覺到有些不尋常。不，與其說「氣氛」不如說「氣」更適合，但要說明哪裡不尋常，卻又說不出來，更不用說去描述這種令人心生異感的「氣」是什麼了。

我心存疑慮的在跟接待的工讀生閒聊過幾句後，隨即說明來意：「請問店長在嗎？」工讀生在聽完後便走入店內的小房間請店長出來。

沒多久，店長出來了，這一出來，所有的謎底都解開了，原來這整間店所充斥、那與眾不同的氣，都隨著店長那一個開門的動作被擾動了，就像演唱會的乾冰那樣，一股「娘氣」從小房間內全面宣洩出來，鋪滿整個空間。

這可不能等閒視之！

有人說：「當軍對敵，首重霸氣。」而據我觀察，所謂的時尚界，美容界，美髮界，只要任何跟造型搭得上邊的業界，箇中的翹楚，大師中的大師，其專業程度幾乎都是跟散發出來的「娘氣」成正比！俗話說得好：「沒有三娘三，哪敢上娘山。」說的就是這個道理。

所以說，如果面對如此霸氣，啊不是，是如此娘氣的強者，還膽敢對剪頭髮這件事提出任何看法的話，那就是身為被理髮者的我太不懂事，太失禮了！所以我坐上椅子後，只說了句：「您覺得怎麼剪比較好呢？」之後就任大師發落了。

過程中，大師的話不多，卻適時的提出各種看法和建議。

「誰幫你剪的啊？剪這樣不就像小瓜呆一樣嘛！」

是啊，回想起那次的剪髮的過程，連我自己都覺得莫名其妙。我莫名其妙的進了一家便宜得莫名其妙的店，然後店家莫名其妙的給了我一個看起來年紀比我還小的男生，用著一副我就是來打工的，不然你還想怎樣的莫名其妙態度，莫名其妙的只花了十五分鐘就把我的頭髮給剪好，然後我莫名其妙的得到了一個跟我所要的完全不一樣的「小瓜呆頭」，而我還莫名其妙的必須付款！

媽的，這究竟是怎麼一回事啊？太莫名其妙了吧！

如果我訂了一套男裝，結果卻來了套女裝，請問站在合理的角度上來看，我應該需要付錢嗎？

如果我訂了一雙皮鞋，結果卻來了雙高跟鞋，請問站在合理的角度上來看，我應該需要付錢嗎？

如果我訂了一份牛排，結果卻來了份快樂兒童餐，請問站在合理的角度上來看，我應該需要付錢嗎？

當然是不用啊！而且店家除了賠禮道歉，搞不好補上正確的商品後還對折收款，這才叫做合理不是嗎？

也就是說，今天同樣的情況，店家給了我一份菜單（雜誌），我照著上面的圖片點，你說沒問題，最後卻出現一個脆笛酥外盒才會看見的超現實髮型，這不就跟我照著DM定了台二百萬的紅色跑車，可是最後卻來了一隻喔喔叫的黑豬跟我四目相望……最該死的是，我他媽的卻仍然必須照跑車的定價付給店家兩百萬啊！

這究竟是怎麼一回事啊？

這國家的法律制度是怎麼一回事啊？

這世間還有公理和正義可言嗎？

我要寫個慘字啊!!

不過沒關係，今天有大師在，一切都沒問題的！

「你的頭髮自己剪過吧？」

大師不愧是大師，連這也被看出來了！

想當初，我訂的可是部紅色的跑車，結果卻來的卻是隻喔喔叫的黑豬……這叫我如何甘心啊！

盯著眼前的黑豬，「至少也必須是紅色的吧……」我心想。

於是乎，我對著鏡子，在令人為之鼻酸的夜裡，我自己動手把頭髮修剪成自以為比較好看的樣子，但因為只看得見前面看不見後面，所以修剪後雖然好過小瓜呆（大家都這麼說），但還是有點怪怪的。只是沒想到，事隔兩個月居然還有人發現，只能說，大師不愧是大師啊!!

「不過你頭髮還太短，留長會比較好看，我幫你照原本的型修一修就可以了。」

大師剛一說完，剪刀馬上飛快地在我頭上來回盤旋。

一開始他在我左半邊似乎花得時間比較多，就在我想著什麼時候輪到右邊的時候，大師就又換到右邊剪了。

「不愧是大師，連我心裡想什麼都知道。」我在心裡讚嘆。

在右邊開始剪沒多久，突然響起清脆的一聲「咔嚓」，原來是剪刀落地的聲音。

但大師馬上親切地說：**「沒關係，沒關係，我來就好。」**

大師就是大師，掉把剪刀都這麼灑脫，讓我忍不住想起食神的對白：「他高傲，但宅心仁厚；他低調，但受萬人景仰……」我會不會狗腿得太明顯了？

大師撿起剪刀後，側身看了下我的頭髮又繼續開始剪，邊剪還邊說出那句震撼我心的對白：**「你的頭髮這麼短，其實我也不用怎麼剪，這次我不跟你收錢，下次等你留長我再幫你做個造型吧。」**

「啥？不收錢！」這真是太令我震撼了，大師就是大師，金錢這種俗氣的東西就交給我們俗人來煩惱就好了，大師心中只有藝術啊！

正當我對大師的景仰之情滔滔不絕地湧出時，我納悶了一下，問：「剪好了？」

「是啊，剪好了。」大師神色鎮定地說完這句讓我震驚萬分的話。因為，我頭上正頂著我上次剪完看到的「小瓜呆頭」！唯一不同的是，他還缺了一角！

就在那瞬間，我突然明白了這整個案件的來龍去脈。

回想大師說過的話，他的意思應該是：

翻譯前：「誰幫你剪的啊？剪這樣不就像小瓜呆一樣嘛！」

翻譯後：「剪成小瓜呆就行了？我也會啊。」

翻譯前：「你的頭髮自己剪過吧？」

翻譯後：「你這傢伙還挺容易打發的嘛。」

翻譯前：「不過你頭髮還太短，留長會比較好看，我幫你照原本的型修一修就可以了。」

翻譯後：「就幫你剪回原本的小瓜呆吧，省得麻煩。」

翻譯前：剪刀落地，「沒關係，沒關係，我來就好。」

翻譯後：剪刀落地，「這下完了，居然多剪了一刀！」

翻譯前：「你的頭髮這麼短，其實我也不用怎麼剪，這次我不跟你收錢，下次等你留長我再幫你做個造型吧。」

翻譯後：「雖然是缺角的小瓜呆，但我不跟你收錢應該也算夠義氣了吧。」

事後我頂著缺角的小瓜呆頭回到家，我冷靜的走進房間，我冷靜的坐下來，深深地吸了一口氣（吸……呼……），我冷靜的想著這件事：「這件事……」

「該怎麼說呢……」

「如果站在對方的立場……」

「平心而論的話……」

「他媽的！台灣的理髮師都聽不懂人話是吧！」（翻桌）

出門運動的危機

我媽最近到醫院去探望她的一位朋友，因為聽說她進了醫院開刀。

探望時，不免得要寒暄一下，問一下為什麼會進醫院啊？為什麼要開刀啊？好讓對方知道，世間有溫情，處處有溫暖，人生還是有希望的。

當天我媽探完病進家門時，我正坐在客廳看電視，我轉頭打招呼，但看到我媽的那一瞬間突然覺得很怪，因為照常理說，去醫院探病回來的人，如果熟識的對方狀況不佳，也許我方愁容滿面，也許涕淚縱橫，再無情一點，面無表情也應該是底限了，但我媽此刻的表情卻是笑容滿面，奇怪，對方是她的好友，又不是仇人，更何況對方就算有保險，受益人也不是我媽啊，她那麼高興是要幹什麼？

我隱約覺得，滿臉笑容的我媽其實隱藏著不吐不快的情緒，一臉「快問我啊！快問我啊！」的表情。

果不其然，我才跟她視線對到一下，她馬上就忍不住，自己對著大家說：「你們知道嗎？今天我去看我朋友……」我省略一些沒必要的敘述，直接跳到重點。

她的朋友今天騎著摩托車去山上運動，按照慣例，熄火，上鎖，停好車，踢腳架，左腳著地支撐，右腳跨過摩托車後方，站穩。就是這些再熟悉不過的連續動作，可是就在右腳跨越摩托車，即將站穩，可是又還沒穩的那一瞬間……**她沒站穩！**

所以就在「啊……!!」的叫聲中，她朋友用站姿轉了一圈，蹲姿滾了一陣，最後用臥姿翻了幾轉，終於在下坡的某一段停了下來。相當華麗。

不過華麗歸華麗，難度太高，所以很痛，她朋友坐在地上唉了好一陣子，最後看看時間差不多，正想站起來走回去牽車下山回家時，突然發現自己站不起來，又試了幾下，她終於發現問題點了，原來問題就出在她的右腳旋轉了一八〇度。

「啊，原來是我的腳轉了一八〇度啊……難怪站不起來……」她很高興終於找到癥結所在。

「……等等！這不是『原來如此』而已吧！」她發現她的腳目前可不只是扭到這麼簡單，而是把大腿抬起來，膝蓋以下就像是懸絲木偶的手腳，掛在半空中隨風搖晃，而且腳尖是朝後的……。

「哇，這樣跳機械舞一定很酷！」我閃過這個念頭，差點脫口而出，但隨即想到幸災樂禍是不好的，善哉善哉。

「然後我朋友她只好爬著去把剛剛翻滾時飛出去的機車鑰匙撿回來，然後坐在地上等人經過。」我媽接著說。

「等等，為什麼她不打手機求救？」我還是忍不住打斷了。

「因為她想說才出門一下下，所以根本沒帶手機出門。」有沒有人跟我一樣覺得，這段故事應該拿去拍手機廣告的？

「後來她坐在原地等了好一陣子一直都沒人來，旋轉了一八〇度還可以晃來晃去的腳好玩歸好玩，卻越來越痛。她想說與其這樣等下去，還不如自己想辦法試著下山，不然運氣不好的話，搞不好等到屍體風乾了都還沒人來。」基本上，她會發生這種事已經足以證明不太走運，自力救濟應該是個比較恰當的選擇。

就這樣，我媽那位朋友把已經鬆脫旋轉的腳，放到另外一隻腳上，打算就這樣爬下山。爬了一陣覺得手很痛，所以又把雙腳的鞋子脫下來套在手上爬，完全就是很想讓人丟錢給她的造型。

中途她幾度因為太痛想說乾脆往旁邊的山崖跳下去算了（其實是爬下去），不過又很怕死，所以還是很認分的慢慢爬，就這樣爬了一個半小時，終於遇到其他登山客。

她很興奮的朝對方揮手，對方了解她的情況後，也趕緊幫她叫救護車，但事情就這樣完結了嗎？沒有。

我媽的朋友在等待救護車的時候，越想越氣。

「都是這雙爛鞋！」她瞪著手上的鞋。

「都是這雙爛鞋害我摔成這樣！」她擠毛巾似的擰著那雙鞋。

「都是這雙爛鞋害我在地上又滾又爬一個半小時，全身都痛死了！」她反覆摔打那雙鞋。

「你這雙該死的破爛衰鞋！」她想讓那雙鞋消失在這個世界上。

坐而言不如起而行的她，當機立斷，拿起手上的鞋，毫不考慮地，用盡全力地，往旁邊的山崖扔出去！

「撒優娜拉……你這雙破鞋……」

「撒優娜拉……你這雙衰鞋……」

「撒優娜拉……」

她目送著自己的鞋飛向山谷，突然覺得有點感傷，畢竟穿了段時間，也是有點感情了。

「沒想到我這個人也是滿感性的嘛。」她假裝拭淚。

「咦？我的機車鑰匙呢？啊！我的鞋……！」我媽的朋友完全忘了，她**因為褲子裡放鑰匙很難爬（大家沒爬過應該不知道吧），所以她把鑰匙放進鞋子裡了！**

我猜想，當時的場景，她應該是流下了真情的淚水。

「撒優娜拉……機車鑰匙！」

至今她的摩托車還在山上。

用毛巾擦乾身體的危機

不知道從什麼時候開始，我洗完澡把身體弄乾的方法似乎跟一般人不太一樣，我都是用「手」把身體上的水珠給「刮除」然後「甩乾」的，具象一點的來說的話，就有點像是「車窗上的雨刷」那樣，雨刷滑過車窗，把其上的雨滴刮起，收集起來，流掉。

但我好歹也是個人類，雨刷的方式不能完全套用，一方面是手不像雨刷刮片是塑膠的，水可以一直流掉，另一方面是關節彎曲處和雨刷不太相同，這違反人體工學。

因此我自行發展出一套方法，首先我必須將手掌和身體貼齊，以符合身體曲線的方式，平貼卻不密合的將手掌快速劃過身體表面，但因為皮膚的排水性不如塑膠，一段距離後就必須將手掌離開身體表面，將手上的水甩乾後再到不同的部位重複上一個動作，否則貼行距離太長，會因為手掌上的水太多，根本無法將身體上的水珠帶離，只是白費功夫。

上述動作說來簡單，做起來卻不那麼容易。

例如，手掌要貼合皮膚到什麼樣的程度，才能將水珠從身體表面刮除，而且又不會因為摩擦力過大而使手掌無法前進，還要隨著肌肉線條不斷變化手掌的高低位置，甚至是掌形，才能完全和肉體貼合至水平狀態，有效將水滴刮除。

又例如，手掌在皮膚一次前進的有效距離是多少？多少才是有效刮除水滴的最長距離？這要根據被刮除水滴的肉體部位不同，而有著不同的數值，甚至跟當天浴室的水溫和濕度的不同，以及運掌速度有所不同，由於太過複雜，一般來說我都是以運掌時，掌心皮膚所感應到的水量多寡來作判斷，雖然是個比較取巧的方式，但相當有效。

我說到這邊，大家應該了解，「用手而不用毛巾把身體擦乾」其實是一項非常高難度的技巧，除了需要長時間練習所累積的經驗外，就如同所有對肌肉進行精密操作的技藝一樣，這多少需要一點天分。

一直以來，我都以為這是個弄乾身體的好方法。

想想看，當年盤古開天闢地時，或是伏羲氏忙著創造絕世武功的那個年代，哪來什麼毛巾啊！又或者一不小心在荒郊野外落難，不小心有熱水可以洗澡卻沒有毛巾可以擦乾身體……什麼？你問我為什麼人在荒郊野外會有熱水可以洗澡卻沒有毛巾可以擦身體……這我哪知道啊！要知道，**月有陰晴圓缺，人有旦夕禍福，連保險套都有不保險的時候**。告訴你，就算荒郊野外有整套高級SPA設備和專屬按摩師，卻獨獨缺了毛巾，這都是很有可能的！

總之，人總是要洗澡的，但可不一定會有毛巾。所以，不論你是皇親國戚或是石油大亨，還是只會抓A片打手槍的大學生，學會不用毛巾就把身體擦乾淨絕對是很重要的，這個重要性絕對不亞於學會如何煮一碗好吃的泡麵，不要懷疑，我就遇過很多泡麵煮得很難吃的人。

嗯……離題了。

言歸正傳，儘管我會這項連阿扁都為之稱羨的高超技藝（不要又說我唬爛，搞不好前總統住的地方就是沒毛巾啊！），但我老婆似乎不怎麼認同，她還是堅持要我用毛巾把身體擦乾，不然就到外面去把身體風乾再進房間。

為了家庭和諧和我個人的健康及安全著想，我還是照做了。

注意，我再次強調，這一切都是為了家庭和諧，為了大局，犧牲小我完成大我，乃我輩忠義之士所應該做的，絕對與懦弱二字無關。

說到這邊，不知道大家有沒有在動作片看過一幕，就是男主角跟反派對打，眼看就要落到下風，男主角急中生智，抄起放在一旁的被單，就在被單遮住反派的視線的那一瞬間，男主角給了其迅雷不及掩耳的致・命・一・擊！然後逆轉勝。

為什麼我要說這個？

因為，就在我轉身，抽起浴巾，趁浴巾還在空中漂浮的時候把毛巾披上身體的那一瞬間，大概是太久沒用毛巾擦身體，所以腦神經一時搭錯線，又或者是外星人的電波干擾之類的，我居然下意識的把「用手掌把水滴刮除」和「用毛巾把身體擦乾」兩件事合而為一！

本來這種將兩種武功融合為一的事，在武功高手眼中是可遇而不可求的天大好事，但是，事情出了點小差錯，一件所有高手都意料不到的事……就在我轉身，抽起浴巾，趁浴巾還在空中漂浮的時候，不光是浴巾往前甩動、漂浮，連我的蛋蛋都往前甩動、漂浮……。

然後，在毛巾披上身體的那一瞬間，毛巾遮蔽了我的視線，接著是可遇而不可求，招式合二為一的全力一擊！

「手刀劈落」！

就像前面提到的：「男主角急中生智，抄起放在一旁的被單，就在被單遮住反派的視線的那一瞬間，男主角給了其迅雷不及掩耳的致・命・一・擊！」

各位觀眾，請想像一個空手道高手，豁盡全力對著玻璃製的啤酒瓶使出他得意的必殺開瓶手刀，手起刀落！

酒瓶瓶口應聲爆開！砰!!

玻璃飛濺！

啤酒湧出！

Great Job！

這就是我目前的情況。

今夜的月色，透露出蛋蛋的憂傷……。

自殺衝動的危機

「旅鼠」是一種很神奇的生物，神奇之處在於群體的數量會出現週期性的變化：有的年分數量極多，有的年分又非常少見。因此出現了各式各樣關於旅鼠的傳說。

在十六、七世紀，很多歐洲學者相信「旅鼠是天上掉下來的」——只要空氣條件合適，就能自動生成旅鼠。當時丹麥博物學家奧爾．佛姆為了駁斥這種說法，首次對旅鼠做了解剖，解剖證明旅鼠的解剖結構和其他嚙齒類動物類似。

後來人們知道，旅鼠之所以會讓人產生突然從天而降的感覺，是因為牠們的繁殖速度極快。旅鼠出生大約一個月後就能繁殖，妊娠期二十到二十二天，且不冬眠，終年可生殖，一年能生七、八次，每次可生十二子；小旅鼠出生後十四到三十天後便可交配。在條件適宜時，一個旅鼠種群的數量一年之內就能增長十倍。

但是旅鼠大約每四年數量就會達到頂峰，之後數量又會急速下降。那麼多的旅鼠到哪裡去呢了？

一九二四年，著名的英國生態學家查爾斯．埃爾頓發表了旅鼠自殺的文章。一九五八年美國迪士尼拍攝了旅鼠自殺的紀錄片《白色荒野》，紀錄了旅鼠成群結隊地遷徙、最終跳海自殺的景象。

但實際上這部影片是在加拿大的艾伯塔拍攝的，而那個地區並不產旅鼠。攝影組只是向小孩買了幾十隻旅鼠，讓牠們在一個蓋著雪的轉盤上奔跑，拍攝後剪輯成成千上萬隻旅鼠大遷移的景象。之後再把這些旅鼠帶到懸崖邊，希望拍攝牠們跳下懸崖淹死的樣子，哪知道旅鼠卻不願意往下跳！等了兩天實在不耐煩，攝影人員乾脆自己動手把這些旅鼠趕下懸崖，就這麼製造了旅鼠跳海自殺的著名場面，還得了奧斯卡獎。

就這樣，生物有自殺本能的傳說破滅了。（註一）

但我還是覺得，搞不好哪天會發現人類其實有「自殺基因」，不知道什麼時候會發作，但發作的特徵就是你會不知不覺或是很快樂的去找死。

以我自己來舉例，我自己在國中的時候，有次上體育課在測驗，按照慣例先測驗完的人就到旁邊休息。而我測完後就坐在跑道旁用，一個來阻擋車輛進入的ㄇ字形護欄上發呆，突然間，我不知道哪裡湧出一股信心「如果我往後倒的話，一定可以穿過護欄旋轉一圈回來坐在原位！」

我發誓，我這輩子從來沒這麼有信心過，就好像場上有一百萬人在幫我吶喊，就好像這件事已經被科學家檢驗過一百萬次，我剛一冒出「往後倒」這個想法後，居然就毫不猶豫、面帶微笑地向後倒。

「一定很帥啊……！（我嘴角揚起得意的笑容）」這是我往後倒的那瞬間的想法。

就在距離剛倒下不到〇．三秒，我整個人跟原本狀態變成九十度，跟地面幾乎平行的時候，我突然意識到一個嚴重的問題。

這個「用來阻擋車輛進入的ㄇ字形護欄」只是用來阻擋汽車進入PU跑道，所以它的高度不到三十公分，雖然我當時身高不過一五×，不過就算我是三比五的完美身材比例，我的上半身最少也要五十公分以上，而且這還不包含我那顆不算小的屁股啊！

當時我屁股坐在護欄上，身體向後倒（〇．三九秒），氣流穿過我的髮稍（〇．五一秒），我知道我等一下就要用後腦杓著陸了（〇．五七秒）……突然，這個世界的時間靜止了！我開始回想起小時候的事，我未來的夢想，過去發生過的點點滴滴（〇？秒）……「該死！我不能這麼坐以待斃啊！」不知道怎麼一回事，我的求生意志又突然燃燒起來了！（〇．七一秒）然後我覺得我雙手的肌肉瞬間暴漲（〇．七五

秒），握力激增（〇．七六秒），我用我這輩子最大的力量握住欄杆！（〇．七八秒）

喔喔喔喔……我整個人懸停在半空中啊！

我居然只用十根指頭的力量就將欄杆握到凹陷下去！

「果然還是不可能啊……」就在我後腦接觸到地面前的那一順間（〇．九三秒），我意識到這個世界是殘酷的，什麼的「正向思考可以創造奇蹟」都是騙人的！（註二）

然後我後腦與大地接觸的巨大響聲引來大家的注意，過了兩秒，我意識到我還有意識（很繞口），為了不被發現我剛剛做了自殺性的蠢事，我趕快爬起來，裝作沒事的走開，但我要告訴大家：「那實在痛斃了！我以為我的腦漿會從鼻孔噴出來啊!!」

我相信一定不只有我會這樣莫名其妙的就「自殺」了，於是我到處問，結果我發現，其實不少人都有相似的經歷，例如我表妹，她有一次明明沒帶安全帽，也明明知道紅燈右轉違規，結果她居然闖紅燈往右前方臨檢的警察直駛而去，硬是要被開一張罰單，自己也不知道為什麼。

不過在我得到的各種經驗的分享中，最誇張的要屬我妹的朋友了，以下簡稱A女。

A女某日出門前想說把頭髮弄捲。

很合理的，她從櫃子取出電捲棒，插電。

很合理的，她等待了一段時間後，想確認電捲棒的溫度是否已足夠。

很合理的，她拿起電捲棒。

然後……「啊……！嗶嗶嗶！嗶！（髒話被消音處理）」

因為，她伸出舌頭舔了電捲棒一下。

註一：事實上，科學家後來發現，旅鼠在數量激增時，並不會犧牲自己來讓同伴有更大的生存機會，反而會攻擊同伴，自相殘殺……某些方面來說，跟人類也挺像的。

註二：有許多勵志書籍會告訴我們，要「正向思考」，因為當你往好的方面想，事情也會朝正面發展，甚至身體也會更健康。

但問題在於，這些其實都只是提倡者的假設，他們舉出的例子往往只是個案，當我們蒐集更多的數據來分析時，就會發現「正向思考」和「好的結果」、「健康」其實關係薄弱，有時甚至會導致更差的結果。

舉例來說：假設有條路我每天都要走，我已經走了超過上千次，每次都沒出意外，但這一次如果我「正向思考」，樂觀地以為：「已經騎過上千次都沒出過事的街角，絕不會在這次突然冒出一輛車來。」請問我出車禍的機率會變低嗎？

取名字的危機

最近在幫小孩子想名字，發現這實在是一件苦差事。

想來想去想不出來，只好於聊天時求助前一陣子剛生孩子的大陸友人。

「名字想好了嗎？」

「還沒呢，好煩啊，想不出來。」

「哈哈哈，自己想還是你爸媽或者老人家想啊？」

「想說先自己想幾個，再給他們挑。」

「哈哈，好名字很難得啦。還想要想幾個，怎麼可能？」

「那你的名字怎麼想出來的？」

「我想了二個就想不出來了。」

「我本來想的是狴軒。源自『狴犴』，是像老虎的神獸，龍子之一，狴軒跟狴犴很像。可是上海話讀出來不好聽，就被否決了。」

「靠，狴犴太難念了啦，而且很像野獸的感覺，部首都是犬。」

「是『陛軒』啊！」

「喔，看錯，原來字有改，不過『狴犴』跟『陛軒』的音不同耶。」

「嗯，前面那個叫ㄅㄧˋㄢˋ。」

「這樣啊，我剛剛查了一下，原來『狴犴』是龍生九子之一，形像老虎有威力。傳說其好訴訟，故獄門或官衙正堂兩側立其形象，後為牢獄的代稱。」

「這樣以後可以當律師，哈哈。」

「對啊，代表正義，又是神獸老虎哦。」

「結果上海話讀出來不好聽……」

「很鬱悶的。」

「怎麼念啊？聽起來像什麼？」

「上海話有點像鼻屎的讀音……」

「……還是算了吧。（拍肩）」

「普通話還是可以的啊！」

「是沒錯啦。」

「如果你們家不會說上海話就沒問題了，哈哈……」

「所以你起名字還要考慮普通話跟台灣話的讀音。」

「是啊。」

「後來我們查了起名字的書，說老虎是森林之王，所以名字裡面可以有木，木頭越多地盤越大，對孩子越好。」

「喔喔……」

「結果想到英文名字 Thompson 中文翻譯叫湯姆森，想起有個性的名字，就叫『湯木森』了，木頭多，又是英文名，哈哈！問過年輕人，都說有個性，結果就定了！」

撇開湯木森這個名字究竟好不好的討論，我們可以發現，不管在哪個國家，大家命名時總會遇到「諧音不雅」的困擾，上海話之於普通話就像台語之於國語，有的時候，長輩國語不太好，沒注意到用台語取的名字其實在國語有不好聽的諧音……我有一位親戚他的名字是爺爺取的，當時他爺爺幫他取名字的時候，因為他這一輩正好輪到「東」字，所以爺爺絞盡腦汁幫他取了個台語唸起來很好聽的名字，叫做「東溪（台語唸作：ㄉㄤ ㄎㄟ）」，可是沒想到孫子這輩居然上學不講台語講國語，而且他們家又姓「詹」，所以「詹東溪」就變成「髒東西」了……完全就是始料未及。

曾經看過一個案例：中國有一間叫做「**白象牌**」的電池公司想要到國外銷售他們的電池，努力了一陣子，可是一直都業績奇差，後來他們才搞清楚，原來他們進軍國外時把自己的品牌「白象牌」直譯成「White Elephant」，但是在國外 White Elephant 的意思是「昂貴而無用的東西（註一）」，因此他們的電池上面大大地印著「昂貴而無用的東西」，理所當然買的人就很少了。

雖然說名字會影響企業和商品的形象，也有很多書籍告誡大家要開公司之前必須取個好名字，但是撇除實在太明顯的爛名字以外，我們真的應該花大錢請專家取一個好名字嗎？另一個案例是這樣的：有個人他不相信公司的名字會影響公司的營運，所以當他創立自己的公司時，他想說隨便取取就好。但就在這時候，他突然想起，離職的前公司曾經花了大錢（約百萬美金）請一間專業公司想了幾個「據稱超級無敵棒」的名字給他們選……這位老兄心裡想，既然是選剩的，拿來用應該沒關係吧。

於是他就將百萬美金方案其中之一的名字拿來給自己的新公司用了，而新公司營運後也賺了超過百萬美金，因此後來他的結論是，搞不好花點錢取個好名字真的有用。

當然，也許那間公司本來就具有賺大錢的能力，撿來的名字也只是湊巧掛在上面而已，誰曉得呢。但人的名字呢？究竟取個好名字，會不會比取個不那麼好的名字來的幸運呢？或者說取了不好的名字是不是往後的人生就會比較黯淡呢？

根據一九九九年，加州大學聖地牙哥分校的尼古拉斯．克利史坦菲爾（Nicholas Christenfeld）、大衛．飛利浦（David Phillips）、羅拉．葛林（Laura Glynn）使用加州死亡證明的電腦資料庫，檢視名字縮寫正面與負面者的死亡年紀。在控制種族、死亡年分、社會經濟狀況等因素後，研究人員發現，**名字字首正面的人比一般人多活四年半，字首負面的人比一般人少活三年。而字首正面的女性多活三年，但字首負面的女性卻沒什麼大礙**。研究人員探討可能的原因時提到，字首負面的人可能覺得自己不如人，可能需要忍受周遭的取笑和負面反應。（不知是否是基於相同的理由：各國也有不同的法律來禁止父母為小孩取一些會令人感到不舒服的名字。（註二）

儘管之後也有研究顯示，在使用比較複雜的分析研究時，並無法得到相同的結論。但從上述實驗結果看來，**這是不是意味著名字負面對男性的影響超過女性？**我不知道，但我身邊正好也有幾位有著不太好的名字的男女。

我認識一位長輩，家裡超有錢，有錢到什麼程度呢？他們家有游泳池，游泳池全年二十四小時放滿水，不過他們不用自來水，用的是RO逆滲透水，保證無菌無農藥，就是溺水也可以放心的大口大口喝。（這好像不是重點？）

他們家因為莫名其妙想養羊，所以就養了兩隻羊，但又不知道為什麼沒有結紮，所以兩隻變四隻，四隻變八隻，現在據說已經變成羊群了，不過一定有人很好奇，這麼多羊是要養在哪裡？不過這種窮人的問題對他們而言都不是問題，解決的方法很簡單，買個牧場就行了……嗯，所以他們家的不動產就多了一件，牧場。

然後前一陣子打電話給她，她說她最近換了部直昇機，為什麼說換呢？因為據說這是第二部了。

好了，說了這麼多，這跟取名字有什麼關聯呢？因為，她的名字叫「張慧英」，唸起來很像「髒會陰」，而且她早年還是做護士的。

以下是我聽過最爛名字前三名。

第三名：我有位高中同學，某次不曉得為什麼，我們兩個互相用對方的名字取綽號嘲笑對方，我姓劉，他就叫我流鼻涕，流口水之類的，可是輪到我回罵時，我頓了一下，想了一會兒，決定叫對方癩痢頭，因為他姓賴。沒想到他一聽之後哈哈大笑，說：「你這個白痴，我國中同學都叫我癩痢人，你連這個也想不到。」說完，我們兩個就沉默了……。其實我不是沒想到，但因為他的名字就叫做「賴儷仁（註三）」……照著名字唸一遍這能算是取綽號嗎？這是我的自尊所不允許的啊！

第二名：我在大陸認識的一位女同學。她單名一個字，蓮。蓮。蓮花出淤泥而不染，濯清漣而不妖，中通外直，不蔓不枝，香遠益清，亭亭淨植，可遠觀而不可褻玩焉。就這麼一個字，簡潔明瞭，清新脫俗。也表明了她父母對她的的期待：外表美麗卻不俗艷，處事上能不與人同流合污，擁有耿直正派的人格。只是很可惜的，她的長輩們顯然對東南亞的水果們不太熟悉，因為她姓「劉」。好吧，至少「可遠觀而不可褻玩焉」拿來形容榴槤也是沒錯就是了。會給她第二名是因為女生被叫做榴槤實在太可憐了。想想看，如果她哪天跟別人吵架說：「你們這些臭男人！」結果被回：「臭得過榴槤嗎？妳有立場說別人臭嗎？」這不是太可憐了嗎？因此，第二名。

第一名：我表妹大陸公司的部門，某日來了一位年輕男士。新同事剛來，人挺低調的，大家問他叫什麼名字，他都回答：「叫我健一就好了。」健一，聽起來挺像日本人的名字，在大陸這可不常見啊，我表妹心想。可是隔兩天，這位新同事就突然不來上班了。原因是，老闆看了他的履歷。這沒什麼。偏偏老闆是個大嘴巴。這也還好。

偏偏他家長給他取的名字不是「健一」，而是「健」，尷尬了點，但也就差一劃。

偏偏他老爸姓「范」，而且老闆到處跟人講：「哇哈哈哈……你知道新來那小伙子叫什麼名字嗎？叫『范健』啊！！『犯賤』啊！哇哈哈哈哈哈！」悲慘指數五顆星，當之無愧的第一名。

註一：白象就是白色的亞洲象，在古代暹羅國（今泰國）盛產大象，白色的象是非常稀少的，所以被視為珍寶。但是白象只能用來供養，不能勞動。大象如果不勞動的話，花費很大，即使是泰國的一般的貴族也養不起的，如果泰國國王對那個臣下不滿就送他一頭白象，既是寶物又是御賜，那麼大臣就得更好的供奉白象，於是家道很快就衰落了。

後來英語就把白象（white elephant）變化昂貴而無用的東西的代名詞。

註二：惡魔命名騷動（出處：wiki）一九九三年八月十一日東京都昭島市的役所（政府辦公廳）接到某位被命名為惡魔的男嬰的出生申請。由於惡跟魔都屬於常用漢字而得到受理。但當市政府向法務省民事局詢問是否應該受理此命名後，得到「此命名可能損害到男嬰的生活安穩，屬於濫用父母權利」的結論而不予接受。

之後，申請者因拒絕的理由來自惡魔二字，而改以和惡魔（惡魔、あくま、Akuma）同音的別字再次申請，但市役所仍然拒絕，申請者只好以讀音接近的「亞驅（惡魔、あくま、Akuma）」再次申請。

這事件由於提出的姓名特異而成為坊間話題，被傳播媒體大肆報導。而男嬰的雙親也透過傳播媒體來主張替男嬰取名為惡魔的合理性。（但實際上只有父親在主動主張，母親只是遵從，沒有發表意見。之後因為父親藏有毒品而被逮捕後離婚。）

註三：據說他的名字是爺爺取的，而他這一輩正好輪到「儷」字，「儷仁」其實滿好聽的，既有「儷人」的音，又有仁慈的意義，只是很可惜……他們家姓「賴」。

信仰的危機

我個人在宗教上並沒有特別信仰什麼，屬於敬天但不信鬼神的那種人，你要我拿香拜拜我就拿香拜拜，你要我跟著一起唱聖歌我就唱聖歌，不過如果要捐錢，那我就要考慮一下了。總之，關於宗教，我什麼都不信，也因此我什麼都可以配合。

我相信這世界上有許多事情以目前的科技還無法解釋，但那只是因為我們累積的知識還不夠多，研究還不夠透澈，而不是因為這世界由鬼神主導。

我常常覺得，對宗教信仰過於執著，不但處處受限，做事情不方便，而且很容易扭曲自己的人際關係。雖然我不信宗教，但不知道是台灣這類的事情太多了，還是正好就是被我遇到或聽到，我知道的相關事件還不少，不過因為我不是當事人，所以我通常都是當作趣談來聽聽笑笑而已。

例如我妹的朋友（A女），交了個男朋友（B男），B男他媽不知道信了什麼教（據說是一貫道），整天就是磕頭誦經，當A女到B男家時，也會被B男的母親要求進門後先到神壇前磕個一百下強身健體保平安。

A女一聽整個呆掉，據說A女一開始還會照做，到後來根本不理，找盡各種藉口來拖延，「啊……今天工作好累……等一下再磕吧。」「啊，等一下要吃飯了，醫生說這樣對身體不好，晚點再磕吧。」「啊，時間不早了，我該回家了，伯母再見……」。不過之所以可以這樣也是因為B男的家人也都受不了B男他母親那樣走火入魔，到處叫人家磕頭，入教。所以B男他媽目前在家也就自己在做那些事，家人希望她不要這樣她也不聽，直說別人不懂，她這是在幫大家積福。

最經典的一次是，早期有次A女隔天要考試，當她在B男家跟B男聊到這件事時，B男他媽眼睛整個都放光了，直說要去磕頭才可以考高分！但A女那天頭在痛，所以就表達了自己頭在痛，是不是不要磕比較好。沒想到B男他媽一聽更興奮了，馬上抓著A女到神壇前，告訴她磕頭可以治頭痛！

結果A女……該怎麼說呢？盛情難卻吧，最後她在考試前一晚，頂著頭痛，在神壇前磕了五百下頭。至於隔天考試的成績，那就別說了吧。

後來，一直到自己遇到了，才發現這些「好笑的事」實在讓人笑不出來。

有次，我在書局站著看書，突然旁邊一個人問我要不要參加讀書會，我還在考慮，跟那個人一起來的另一人突然出聲問我：「你是不是某某某？（他念出我的名字）」我嚇了一跳，這才發現對方居然是我小學時安親班的好朋友！

他跟我寒暄了一下，又繼續約我去讀書會，告訴我這次要分享的指定書籍是「當期天下雜誌」。我想說反正家裏正好有一本，加上也沒事，而且又是多年不見的好友的邀約，就答應了。

他們告訴我，每個人去之前都要先讀好，然後交流心得。聽起來滿正常的，而且讀書會開在一間私人診所的樓上，感覺好像與會者都是醫師之流，似乎等級會很高。

「我還以為醫生聚會都是分享醫學期刊，沒想到居然是分享天下雜誌啊。」我有點小震驚。

到了隔天，當我到達讀書會地點，讀書會開始沒多久，我就發現只有我一個人真的把整本雜誌看完，而且我為了怕忘記還把重點和有疑問的地方做上記號，想說到時交流的時候可以發問，或是說明自己的看法，可是我發現我是個白痴……因為「讀書會」真的就是照字面解釋：把書打開照著上面的字讀給大家聽一遍的聚會！

事情是這樣的，讀書會一開始，除了我之外的人先開始聊天，聊一些他們自己的瑣事（我根本聽不懂也不想聽啊……抱頭），過了很久之後，似乎有人打算正式開始這個讀書會了，可是我才發現，除了我之外根本沒有人看完這本雜誌！所謂的讀書心得，也就是找一篇文章，翻到喜歡的段落，照著上面的字唸出來而已！

讀到幾篇之後（我也快睡著的時候），突然許多人開始鼓譟起來，我仔細聽了一下他們亂七八糟的談話內容，把交錯的資訊重新整理後得知，原來某個人是這裡的常客，而這個人正好是讀經濟系的大學生，所以其他常客在之前就約好要這位大學生解說雜誌中的某篇文章。

既然是「雜誌」，其實內容都不會太困難，但很不幸的，整個講解充斥著「這個很難解釋」（所以你到底會不會解釋？）

「你們可能不太容易理解。」（所以他們才要你講解啊！）

「這個不太好懂。」（乖，老實告訴大哥哥，其實你也不懂，沒錯吧？）

「嗯……嗯……」這不是在拉屎，而是我們的經濟系大學生整場就是「嗯、喔、啊」個不停，然後想了半天又語焉不詳的胡亂解釋，講不出個所以然來。

最後下面一群人終於發現原來沒有人聽得懂，於是又開始胡亂「鼓勵他」、「安慰他」、「激勵他」，而且漸漸的，我發現大家開始紛紛表達「『聽不懂、說不清』沒什麼關係，人生本來就應如此」之類的論點，然後整個讀書會就變成了「潛能開發營」！

大家一定很好奇，那篇難倒醫生們和經濟系大學生的深奧文章究竟是在說什麼，我告訴大家，內容是關於「比爾蓋茲對資訊高速公路未來的前景，以及可能的發展提出看法」。然後他一直說明不清楚的幾個關鍵詞是「資訊高速公路與 Web 2.0」、「通貨膨脹與銀行利率升降的關係」。

按！我簡直快瘋了！

我實在搞不懂，「資訊高速公路與 Web 2.0」明明就是很簡單的東西，為什麼下面這群人沒人懂？難道他們都不看書不上網的嗎？好吧，也許術業有專攻，一個專家在自己領域以外的生活可能是白痴，但好歹「經濟系」的大學生也應該明白「通貨膨脹與銀行利率升降的關係」啊！

他需要的應該不是安慰或是激勵，而是回家（或是回學校）好好重看一次教科書吧。而且為什麼我一直覺得這種「胡亂鼓勵」的場景我似曾相識？「該死！難道我被騙進了什麼直銷大會？」我心中閃過一個很不妙的念頭。

「不過直銷有賣書的嗎？應該不好賺吧，會不會太辛酸了一點？」心中的感覺馬上由不妙轉為同情。

不過當下面的對話開始後，我才知道原來對方不是出版社派來的，是上帝派來的。

「這位同學，你相信主嗎？」說的人眼睛閃亮。

「嗯，我不知道耶，至少我沒看過啦。」聽的人言不由衷，我不好意思告訴他我根本不信啊。

「你看不到不代表不存在，你也看不見風啊，可是你感覺得到，他就是存在的！」他的眼睛更閃亮了。

「可是我也感覺不到你們說的『主』啊！」真可惜，如果是美女對我眼睛閃亮該有多賞心悅目啊，可惜對方是個大叔。

「那是因為你沒有放開心胸接納祂，只要你相信，把你的困難交給祂，祂就會保守你。」他又更進一步。

「保守？你是說『保護和守護』或者是……『幫助』的意思嗎？」我很想告訴他，他靠得太近了……不過如果他是美少女的話就沒關係。（羞）……好吧，我承認我有性別歧視，不過我一位朋友告訴我，如果他生到男的，他連名字也不想取！顯然我還算有人性的。「是啊，來，我身邊這位黃同學就是最好的見證。」他將我那位小學好友帶到身前。

接下來我小學同學開始告訴我他大學時沈迷「股票投資社」之類的社團，整個人變得非常勢利，只知道錢，而且每天搞到自己身心俱疲，還好遇見了主……我後面放空了，不過我在想「沈迷賺錢的事，變得腦子只有錢」和「沈迷宗教，拉人進不讀書的讀書會」到底哪一個比較頹廢呢？這問題對我來說實在很難。

接著就是周圍的人分享自己遇到主之後，人生改變，變得天天都很快樂之類的，本來很想說點什麼，不過想想似乎也沒什麼意義，就這樣當作是增廣見聞的趣事，一直聽到最後。然後他們要我回家好好想想。

我還在想我到底回家該想些什麼的時候，他們開始了「討論下週讀書會的主題」，最奇妙的事情發生了，本來應該是讀同一本書交換看法的讀書會，突然變成了每個人跟「首領」借不同的書回家整理心得……似乎有點像考前交換筆記，算了，這不是重點，重點是他們又叫我回家好好想想……。

「好吧，我會好好反省的。」我心想。之後我就沒再遇過那位小學朋友了。

信宗教的人似乎是認為自己是在推廣免費的好東西（儘管其實他自己已經基於各種理由捐獻了不少金錢、買了不少東西）或是救人脫離苦海（儘管對方目前覺得自己過得還不錯），不管哪個宗教，都會有拼命勸人入教的人，他們都很希望自己認識的人，特別是親人，能跟自己同一個宗教。

我之前老闆的房東，常常跟我老闆抱怨他老婆信教後入迷太深，一天到晚都在唸經，家事不做小孩也不管，三天兩頭就會不見蹤影，問她去哪裡，也只說是去「求道」了，叫她不要再這樣了，她卻說她這是為了家人好，叫家人一起入教，家人不要，就說他們是被邪魔誘惑業障太深。某次她老公多唸了幾句，她居然離家出走，音訊全無，認識的人沒有人知道他老婆去哪裡了！

隔了一個月，他想說他老婆搞不好已經出意外死了，沒想到他老婆這時居然容光煥發的出現了！問她去哪裡，她回答：「我去印度求道了。」然後又問她老公要不要入教？

自此，他老公再也沒敢管過他老婆。

而我身邊最不幸的例子，應該是這個了。

我舅舅平常身體超好不太生病，甚至還得過健美先生的獎項，有次只不過是覺得身體有點不太舒服去醫院檢查了一下，沒想到一查之下才知道自己已經癌症末期！

當時醫生宣佈只能再活三個月，不過我舅媽不知道從哪裡找來幾個密宗的師父（他們自稱師父，不是喇嘛），告訴她說，只要躺在跟他們購買的水晶床，並且再跟他們買水晶來按摩癌症患處就可以治癒，而且是保證治癒！

但是有一個條件，就是不能看醫生或是接受任何醫療行為，否則就會無效！

我舅舅當時因為癌症導致無法自行排尿，但因為這幾位「師父」的關係，舅媽堅持不讓他就醫，據看到的親戚說，我舅舅的肚子整個脹大到一看就很不正常的地步……後來大家看不下去，只好聯手將我舅媽騙出門，趕緊送我舅舅到醫院把腹中積水和尿液抽出，再趕快送回家躺回水晶床上假裝沒事。

結果，醫生宣佈還剩三個月壽命的人，在密宗師父們的「治療」下，活了不到三個禮拜就歸西了。

最令人不解的是，即使我舅舅這樣死在面前，完全沒有因為密宗的力量好個一絲一毫，我舅媽還是對那幾位密宗師父說的話深信不疑！連死後的喪葬事宜都堅持其他人不准插手，一切都要聽密宗師父的安排，甚至不惜跟其他親友和長輩決裂……在我看來，這實在是很悲哀。

相信新聞媒體的危機

現在的新聞媒體，其實已經背離傳播事實真相這件事很遠了，至於教科書所宣稱的媒體準則：公正、客觀之類的東西，大概也只存在傳說之中了，所以如果太相信新聞的話，估計日子會不太好過。

畢竟，作為營利事業，賺錢才是第一優先，依照台灣目前發展的趨勢來看，播報新聞的最高指導原則估計是：

1.賺錢

賺錢第一要件就是搶新聞，報獨家，所以別人有的我們也要有，別人沒有的我們就想辦法「製作」出來，例如選舉時報導候選人票數，管他實際得多少票，只要我們這台報的票比別人多，就是比別人快，如果不小心衝過頭，得票數比投票人數還多，那到時候再降回來就好，反正觀眾很健忘。同理，颱風淹水也一定要淹的比別台高，風也要比別台大，同一個地方要怎麼讓觀眾感覺到水更高、風更大呢？這就考驗記者自身的演技……我是說反應實際情況的能力。要是辦不到，那就是自家新聞記者的能力不夠，素質太差！要接受再教育！

2.賺更多的錢

要賺更多的錢，成本必須低，所以需要駐外記者的新聞盡量不做，養一個會第二語言的人實在太貴了，派人坐飛機到國外也太貴了，一切都不符合經濟效益。接下來要買版權的外國新聞也盡量別播，可以的話就播一些什麼消防隊援救小貓小狗的新聞，時間長，成本短，連花時間剪接受救者的感想也不用（台灣新聞的剪接挺神奇的，有時候剪接完之後可以跟受訪者原意完全相反，優秀啊！）一切都可以讓記者自由發揮，而且上次救狗報導時唸的稿，這次救貓時也可以拿來用，下次如果要救倉鼠、盆栽或是布娃娃，應該也可以派上用場。

3. 輕鬆賺更多的錢

新聞空檔時間放廣告，這樣為了放更多的廣告就必須找更多的新聞，而且廣告客戶搞不好還會挑新聞，這樣實在太累了，如果可以直接報廣告當作報新聞，豈不是一舉數得？鈔票輕鬆入袋？以下舉例三種我認為根本就是廣告的新聞。

「某某建設公司一坪賣到N百萬，還是有一堆凱子富商搶著買！不夠賣啊！」

我說記者，你要不要改行到購物台？那邊的橋段跟你是一模一樣啊！

緊接著，記者訪問消費者：「為什麼願意買那麼貴的房子呢？」

消費者回答：「投資啊……這個以後一定會漲啦……」

我靠，這跟我上次看到購物頻道在賣「天珠、水晶、套幣……等」不是一模一樣嗎？

記者轉頭，正好看見忙不過來的銷售人員，問：「這邊的銷售情況很好嗎？」

銷售人員回答：「是啊，幾乎都賣光了，每天來看的人還是絡繹不絕。」

聽見這番話，我彷佛聽見購物專家又在大喊著：「只剩最後不到十件了，什麼？導播說幫他也留一套！」然後銷售人員發出撒嬌的聲音「林董，再多加一點量啦……中秋節回饋顧客嘛……」你乾脆叫他再送兩把蔥，或者買廁所送衛生紙好了。

我敢肯定，如果不是怕廣告打的太明顯，新聞右下角肯定會出現「倒數」還有「最後限量N套」之類的字樣。

新聞記者最後總結：「儘管經濟不景氣，但房市依然火熱，不少人砸大錢投資……有的沒的。」總之就是跟你說我東西限量，很貴，但是你不買會後悔，買了保證賺！

地段也說出來了，建設公司也報出名號了，連價格也一清二楚，請問這不是銷售廣告是什麼？

還有，這種買房的方式不叫投資，是投機！

台北的房價基本上就是被這些投機者外加新聞媒體給聯合炒高的，所以所有在台灣買不起房、租不起、以及任何抱怨房價太高的人，都應該寫信給新聞局投訴那些播放房產廣告的新聞媒體才是。

然後，我第二厭惡的廣告，啊不是，是新聞，就是「○○百貨週年慶大特賣，超便宜!!大家都把○○百貨擠爆了……擠爆了呢……」「○○百貨精品特賣，貴婦消費不手軟，一刷上百萬。」「最新紀錄，剛剛有貴婦消費破千萬！破千萬！」一聽就整個很火大，這種狗屎東西也叫做新聞？？這跟我家門口丟滿地的廣告傳單有什麼兩樣？

還有那個週年慶是怎麼一回事，是我的錯覺嗎？每個月都有週年慶的新聞啊！

雖然說沒事才是好事，但是既然是新聞，百貨公司擠不擠爆又甘我屁事？擠到踩死人，擠到電梯纜繩斷掉，整層樓垮掉，這才叫新聞啊！

貴婦刷卡多少也能叫新聞？國外動不動有人買私人飛機私人遊艇，消費破千萬，不就佔光所有廣告時間，啊不是，是新聞時間了？

這種噁心到極點的新聞廣告，到底是怎麼一回事啊？他把一般民眾都當白痴嗎？難道記者心裡想的是「諒你們這些庶民一輩子也沒機會去刷千萬揮霍，報幾則貴婦刷卡當作新聞，讓你聞香一下，反正你們也沒什麼機會遇到，所以這當然算是新聞啦……」

第三噁心的新聞就是「○○大賣場一條魚只要三十，一盒蛋也只要二十，還可以用折價卷喔……」這是怎樣，○○大賣場賣什麼，賣多少錢也叫新聞？你要不要沿街把每個攤販賣的東西都報價一次？

相比上面「○○百貨貴婦消費破千萬」，這大概又是記者另一種俯瞰下界賤民的心理吧。

「反正只要讓你知道有地方可以買到每顆便宜一塊的蛋，你就會感激涕零……如果沒寫感謝函來，大概是因為沒錢買信紙吧，沒關係，我們理解的，咱們記者可個個都是體恤民情的好人啊……」如果記者們心裡是這麼想的，我應該也不意外。

補充說明：

有自稱記者的網友到我 Blog 留言：

醫生……這類的新聞 我們媒體行話叫做「業配」（業務配給）。

老闆交代 花錢或是關係好 一定要做新聞。

嚴格來說……是「廣告」沒錯。

記者真的沒什麼決定權。

好吧，我決定改為唾棄電視台的經營管理階層。

逗弄小孩的危機

我爸的朋友有個很可愛的小孫女，平常沒事就逗著她玩，看著孫女呵呵笑，他就會感到無比的滿足。

有一天，他逗著還不會走路的小孫女玩，突然他發現，他的孫女會模仿他的動作。這一個發現讓他樂不可支，他一下搖手，一下搖頭，整個人就像個……就像個笨蛋一樣。

不過沒辦法，祖父母看到孫子孫女，特別是他們那還不會走路的可愛模樣，任誰都會發傻吧。不過接下來的事就真的連當事人都後悔莫及，覺得自己是個笨蛋了。

據我爸的朋友所說，當時他玩得太高興，

突然做了個由下往上用力舉手的動作，結果他的小孫女也跟著做了一樣的動作，但不同的是，當時他孫女坐在桌子前，手在桌下。用力一舉的結果就是「砰」的一聲，喔不，是一大大聲，因為他孫女竟然因為這一下，不只痛到大哭，而且左手拇指**「舉・不・起・來・了」！**

本來以為沒什麼大不了，「不過就是扭到吧」大家都這麼想，但是一連看了幾個醫生都毫無起色，拇指依然不舉。這下我爸的朋友緊張了，他動用各種關係帶著小孫女在國內遍尋名醫，以他小有積蓄的財產加上人脈，連號稱國內權威的名醫都看了，最好的情況也不過就是舉了三天，三天後一樣又是一垂不振。

我爸的朋友望著他小孫女的拇指，不知道將來該怎麼告訴她。

周圍的人看到他那樣自責，也不知道該怎麼安慰他才好，難道要叫他將來告訴小孫女：**「不過就是根拇指嘛，日本黑道還常常把小指剁著玩呢……」**

可是小指跟拇指不同啊，要知道，人類之所以可以統治地球，有相當大的原因是因為人類的猿猴祖先有拇指，可以製作工具和武器，但是那些阿貓阿狗都沒有，所以直到今天也只能淪為人類的寵物，騾馬牛驢就更慘了，只能當奴隸。

也就是說：

「有拇指→主人」

「沒拇指→寵物、肉奴隸」

嗯……這結論……顯然不太適合小女孩。

又或者叫他將來安慰小孫女：「有句話說，上帝幫你關了一扇門，必定會為你開另一扇窗。」

但是，如果少了一根可以稱霸世界的拇指，那上帝是要她去做什麼呢？

忍者龜？不對啊，那只有三根手指。

米老鼠？對，你看看人家米老鼠，手指只有四根，事業還不是做那麼大，一秒鐘何止幾十萬上下。

所以完全不需要灰心，跟著爺爺一起遠眺夕陽就對了，必要時加上一段青春熱血的奔跑也不賴！

但……米老鼠雖然只有四根手指，但是他有拇指啊啊啊啊……！

所以不但我爸的朋友很沮喪，他周遭的人也很沮喪，唉……這種心情大家都可以體會，想想看，要怎麼安慰一個小女孩「拇指不舉其實沒什麼」？

總不能告訴她：「妳看，隔壁王伯伯也是不舉，雖然地方不太一樣……但妳看他連老婆都跑了，還不是那樣的樂觀開朗……」這樣的事實對小女孩來說實在太殘酷了！太．殘．酷．了．啊……！

想到小孫女的未來，我爸朋友的心都糾成一團了。

但又如何呢？沒人懂得怎麼治啊！別說西醫，他連中醫和乩童都試過了，但治療了大半年，也不過就是變成可以用另一隻手把軟掉的拇指立起來，但一放開，三分鐘後又會軟掉，超慘。

就在他幾乎放棄的時候，他的某位親戚突然想起，有個小兒科診所的醫師據說很厲害，建議他去試試。

他心想「診所？什麼大醫院都跑遍了，診所能治嗎？更何況，國內有名的院長和主任他哪個沒拜訪過，一個鄉下醫生真的能治嗎？而且還是小兒科……而且還在他家附近！」不過事態至此，也只能死馬當活馬醫，他最後還是帶著小孫女去了一趟。

開車，半小時就到了，油錢，十元。

看診，只打了一支針，不到五分鐘，扣除健保給付，一百五十元。

康復，拇指雄風再起，無價！（我爸他朋友當天差點就去送匾額了。）

醫療的危機

我爸對醫生這種行業很不信任，對這個行業的運作規則更是鄙視到了極點。

有次他問我：「你有沒有看過哪個賣場可以賣不良商品給顧客，之後還可以處之泰然地收費的？」

我仔細想想，似乎沒有。

他接著說：「沒有的話，為什麼醫生治不好病人也可以收錢？或者說，為什麼醫生沒把病治好的話，病人不能要求退費？」

嗯……的確是。如果只因為醫生有勞動，所以就保證他的收入，那跟共產主義有什麼兩樣？換句話說，買到超靜音音響和無風風扇的人，也不應該擁有退費的權利才對。

「更過分的是，沒辦法把病醫好的醫生，拖得越久領得越多！這又是什麼道理？」好像是沒什麼道理……而且，就我的經驗來說，常常出現的狀況是：本來不吃藥也可以好的小病，看了醫生拿了藥，反而變成很久也好不了。這讓我想起《The Secrets of Consulting》（顧問成功的秘密）其中的一條法則：「**不要忘記，你的顧客是按時間付費，而不是根據你解決問題的程度付錢的**。（註一）」套用到醫師行業來說，也是十分受用。拖得越久領的越多，這才是成功之道啊……。

「如果說，太快把病人醫好反而賺不多的話，將醫師作為營利事業來做的人，有可能努力讓自己的醫術更好嗎？」這是我爸的結論。

一般來說，除了某些特異人士之外，凡人如我，就是把工作當成賺錢謀生的事在做，而不是當作慈善事業來做。糟糕的是，我們合理推論可以發現，當慈善事業來做的醫生最後會餓死，剩下沒餓死的那些，就是努力賺更多錢的醫生。

這些醫生所需要努力的，就是「不要把病人醫死」就行了。

在我爸的經驗裡，除了生死立判，成果立見的外科之外，大部分醫生都是敷衍了事。因此，我爸非不得已不會去看醫生。在他眼中，醫療體系的怪異收費制度，導致大部分醫生都是一些懶惰又不思進取的傢伙。

可能是年輕時工作太辛苦的關係，我爸年紀大了之後就一直有肩痛的毛病，但無奈這毛病怎麼樣也看不好。醫生換了好幾個，也透過在醫院任職的親戚介紹，去給一些**據說**相當不錯的主任、院長（不同醫院）看過，中藥和針灸也試過，也去過別人介紹的整骨推拿醫院，但都無效，最多就是好個幾天，然後又會復發。

痛到嚴重的時候，連手都舉不起來。

也許有人會猜想，是不是沒看對科，畢竟肩痛的原因可能有許多啊，但我爸當時把可能的科別都去看過了，像是骨科、神經科、復健科……有的沒的全都看了。該做的檢查也是一樣不少，X光、超音波……有的沒的能檢查的也全檢查了，最後還是找不到原因，只能開止痛藥了事。

之後他也放棄了，每次只要一痛，就是吃止痛藥，別無他法。

某次他肩痛發作，正好人在外面談公事走不開，於是他打電話給朋友。告訴他症狀，麻煩他到醫院或是藥局幫忙拿一下藥，想說趕快能止痛就好。

沒想拿到藥之後只吃了一包之後，就這麼一包，肩痛居然就好了大半！而且難過的感覺幾乎都沒了！三包過後，一個禮拜都沒再痛過，好像肩膀就這麼痊癒了，之後一個月完全沒復發！

「真的假的啊……」神奇得就像購物台的唬爛居然成真了一樣！我爸對活動自如的肩膀嚇了一大跳。

「這是哪來的藥啊？太神了吧！」最誇張的是，患者本人根本沒去看診過！

「這樣都能治？有這種神醫？」這不是擺明了不給那些大醫院的主任和院長面子嗎？這是要叫那些名醫和乩童以後怎麼混？符水和止痛藥是要叫他們打包回家自己吃

掉嗎？

他趕緊去找他朋友，想問出這位神醫在哪間醫院，打算過去再讓神醫檢查一下，沒想到他朋友支吾了半天就是不肯說。

我爸覺得很奇怪，再三逼問之下才知道，當天他朋友接到電話時正在下雨，加上他趕著回家打麻將，所以就隨便找了間藥局買藥，至於那間藥局的名稱、地址，一概不明！只知道大概在哪條路附近。

但我爸不死心，硬是把那附近的藥局全都問了一遍，結果還真的找到了！

藥局的外觀有點破，裡面的藥師聽了我爸的敘述後，確認當天的藥的確是他開的，然後他描述了當天的狀況。

「快給我藥！」我爸朋友氣急敗壞的跑進藥局。

「請問要什麼藥呢？」藥師打量了一下對方，確定不是神智不清的毒蟲後，接著問。

「什麼藥啊……好像跟痛有關……啊，我要止痛藥！」我爸朋友終於想起他是來幹嘛的了。

「那請問是哪裡痛呢？牙痛嗎？」藥師看著手邊剛包裝好的藥，順口問到。

「牙痛？……對，就牙痛！快給我藥，我趕時間！」我爸朋友一直看著手錶，隨便應了聲，付過錢就把包裝好的成藥拿走，趕著回家打麻將了。

我爸聽了之後，拿出他吃剩的藥給對方看，對方再度肯定這是他們藥局包的，只不過，那包藥是用來「治．牙．痛」的……。

後來我爸要求那位藥師再給他配一模一樣的藥，但那位藥師因為知道我爸是用來治肩痛的，所以一邊配「牙痛藥」還一邊再三跟我爸確認，希望至少能改掉部分配方，但我爸堅持一點都不改。

「吃死我自己負責！」他強調。「絕對不准改，不管它是治牙痛還是香港腳，總之要跟上次一模一樣就對了！」然後他監督著很想換藥的藥師配藥，確認跟上次一模一樣之後才收藥付款。而這次的藥吃完後，我爸的肩痛也神奇地完全好了，從此沒再復發過。

就這麼過了一陣子。某天，他想說「再去拿一份備用好了」，沒想到當他到達時，那間藥局居然已經倒閉，連店面也沒了……不幸的是，他自己身上的藥也已吃完，完全沒有多餘的，因此也沒辦法再拿給別間藥局重配一份了。

那個神奇的藥方就此失傳。

註一：原文對這句話有著字面以外的解釋，作者解釋，有許多顧問企圖以「問題的解決程度」來收費，但問題在於客戶並不承認顧問所解決的問題大到足以被收費，他們甚至不承認那是個問題。而且客戶沒有主動提出以問題解決程度來付費，這意味著，客戶其實並不想解決那些問題，他們只是想對上司說：「看吧，我注意到有問題，而且我試圖解決它，而且我已經請了顧問了。」